セシル文庫

推しと子育て結婚することになりました。

森崎結月

JN126349

イラストレーション／七夏

◆目次

この作品はフィクションです。
実在の人物・団体・事件などに
一切関係ありません。

推しと子育て結婚することになりました。

1

いつの間にか外が明るくなっていた。
うっすらと目を開けると、パソコンの右端に表示されている時刻は午前八時半――。
和泉莉央《いずみりお》はハッとして頭を振った。
慌てて画面の中央を確認する。意味不明な文字がびっしりと並んでいた。
「マジか……」
徹夜で原稿を進めるつもりが、どうやら睡魔に負けてデスクに突っ伏していたらしい。
キーボードを叩き、意味不明な文字を削除するにつれ、莉央の顔色は悪くなっていく。
一文字も進んでいないことが判明した途端、絶望感がこみ上げ、吐きそうになった。
「何やってるんだよ……」
本当に最低最悪だ。
〆切までのカウントダウンのために×印《バツ》をつけていた卓上カレンダーは、九月の二十五日を示していた。

残り日数、あと五日しかない。

（ヤバイな。〆切が近づいてるのに……こんなんじゃいよいよ脚本担当下ろされてもおかしくない）

「あーもう、どうする。どうしよう。どうすれば。どうにかしないと！　むりむりむり……」

独り言が増えていくばかりで、文章は少しも進まない。

「ホームドラマの脚本か。そういうのに無縁のこの僕が……皮肉なものだよな」

脳内のアイデアは枯渇《こかつ》したまま、ぼんやりした思考の海からは何も浮かんではこない。

せめて鬱屈《うっくつ》した気分を入れ替えようと、莉央は思い切りよくベランダのドアを開けた。

朝陽の煌《きら》めきに反射し、彼の薄茶色の髪と瞳が栗色に輝く。

涼しい風が入ってきて、ひんやりとした空気を感じながら、莉央はぐんと背伸びをした。

ゆっくり深呼吸をすると、残暑が遠ざかったあとの秋の匂いがしてくる。

空を仰げば、爽快感のある青色のグラデーションが広がっていた。

だが、解放感はまるで得られない。目覚めから時間が経過すればするほど、ふつふつとこみ上げてくるのは、激しい焦燥感《しょうそうかん》だけ。

（参ったな……ここまで自分が無能とは思わなかった）

いよいよ虚無感《きょむかん》に襲われ、ベランダの手すりに寄りかかる。ひとり自責《じせき》の念に駆られていると、どこからか子どもの泣き声が聞こえてきた。

こめかみがずきりと疼く。今は些細な物音でも頭に響くらしい。ちかちかと眩暈《めまい》までしてきた。それに、変な体勢で突っ伏していたせいか、関節のあちこちが軋んでいる。満身創痍《まんしんそうい》である。

今すぐに横になりたくなって、ソファへと勝手に足が戻っていく。

ソファにダイブする前に、ぐうっと腹が情けない悲鳴を上げた。

そういえば、夕食を食べた記憶がない。ずっとパソコンの前に座ったまま、コーヒーとかエナジードリンクの類ばかり流し込んでいたし、胃の中が空っぽだから気持ち悪いのかもしれない。

何かちゃんと腹を満たすもの……と思い、デスクの脇に置かれてあった財布を手に取り、玄関の外へとなんとか這い出た。

すると、さっき聞こえてきた泣き声が、今度は近くに聞こえてきた。

どうやら隣の部屋の玄関前かららしい。

見ると、小さなリュックを背負った男児が涙をぽろぽろこぼしながら泣いていた。

体格からして一歳から二歳未満といったところだろうか。まだ歩き出したばかりのようなふらふらとした不安定さがある。

（おとなりさん、子どもいたんだ）

今まで隣人の顔を一度も見たことがない。

小さな子がいるなら普段から物音がしそうなものだが。

「うぁあん、あーん」

泣き声はどんどん大きくなり、男の子の顔も真っ赤になっていく。

莉央はそわそわと落ち着かない気持ちになった。

支度に時間がかかっているにしても、こんな小さな子を先に外に放っておいたら心配ではないのだろうか。

（準備ができてから一緒に出ればいいのに）

きっと待たされているうちにだんだんと心細くなってしまったのだろう。力いっぱい泣いたせいでくしゃくしゃになった涙まみれの顔を見ていると、いたたまれない気持ちになってしまう。

通りすぎようとした瞬間、男の子から縋るような視線を向けられ、莉央はどきっとした。

「うっ……」

（良心に訴えかけてくるこの眼差し……）

助けてあげたいけれど、他人がどうすることもできやしない。

お願いだからそんな目で見ないでくれ。

しかし、このまま無視して素通りするのはなんだかいたたまれない。

せめて保護者が出てくるまで見守っているべきだろうか。

莉央は葛藤《かっとう》に苛《さいな》まれた末、しばし足を止める。

よし、少しだけ待ってみよう。

そう決めて見守っていたのだが、玄関のドアは一向に開かず、誰も出てくる気配がない。

（え、放置？　躾《しつけ》……と言いつつ、まさか虐待《ぎゃくたい》じゃないよな）

さすがに心配になった莉央は、隣人のインターフォンを鳴らして待つことにした。

しかし、何回鳴らしてもドアの向こうからは応答がない。

「――出ない。おかしいな」

莉央が苛々《いらいら》していると、えぐえぐ泣きながら、男の子はとうとう莉央の足にしがみついてきた。

「えっ、ちょ、あっ……」

「うあぁん、あーん！」

泣き声はさらに大きくなる。涙と鼻水で顔はぐちゃぐちゃだ。

「ちょ、ちょっと待ってね」

頼りになるのはもはや目の前の知らない人間しかいないと訴えているのだろう。

「大丈夫だよ。今、出てきてくれるから」

励《はげ》ますことしかできないのが心苦しい。

早く出てきてくれと願い、一体何回インターフォンを鳴らしたことか。

(もうぅ、なんで、出てこないんだよ)

痺れを切らした莉央はドアを叩いて声をかけてみることにした。

「すみませーん、早く出てきてくださいませんか。お子さんが玄関前でずっと泣いているんですけど……!」

ピンポン連打をしつつドアを叩いていると、ようやく人の足音が近づいてきて鍵が乱暴にガチャっと開かれた。

莉央はどっと疲労感に苛まれる。ますます頭が痛くなってきた。

のっそりと出てきたのは、勝手に想像していた若い女性ではなく、寝不足そうな顔に無精ひげをはやした、ぼさぼさ頭の長身の男だった。

「……っ」

妙な迫力を感じ、莉央は無意識に後退した。

「ったく。こっちはさっき寝たところだっていうのに。朝からギャンギャンうるさいんだよ。ほら、中に入れよ」

二の腕を掴まれ、強引に引きずり込まれる。

「えっ⁉　あっ……ちょっと！　うわあ！」

まるで飢えた獣《けもの》にかっさらわれたみたいだった。しがみついていた男の子と一緒に部屋の中に引きずり込まれ、玄関のドアは無情にもバタンと閉じる。抵抗する間もなかった。

（今、何が起きた？）

玄関のドアに背を預けた状態で、見知らぬ野獣男から迫られ……壁ドン。ふくらはぎには男児がしがみついたまま拘束されている。まったく身動きがとれない。

「はぁ……だる。で、何？」

男は気だるそうに玄関に腕をついて莉央に寄りかかってきて動こうとしない。二人の脚の間に挟まれていた男の子はさっきまで泣いていたはずなのに、なぜかアトラクションを楽しんだあとであるかのように、キャッキャと弾んだ声をあげていた。

（いや、こっちが聞きたいよ。何このカオスな状況……）

唖然としていた莉央だが、このままでは埒が明かない。

「と、とりあえず、話がしたいので、どいてもらえますか」

莉央が男の胸を押し返すと、男は鬱陶しそうにため息をつく。

「なんなんだよ、一体」

男の横柄な態度に、莉央はかちんときた。

「それはこっちのセリフです！　この子、あなたの息子さんが玄関の前で泣いていたんです。躾のことを赤の他人がとやかくいう権利はないかもしれませんが、長い時間放ったらかしなのはかわいそうですし……さすがにマンションの住人も気にしますよ」

虐待になりかねませんよ、という強い不満はとりあえず喉の奥に流し込んだ。

莉央だって疲れきっているのだ。なるべく穏便に事を済ませてしまいたかった。

「は？　息子？」

男は怪訝そうに眉をしかめた。

さっそく喧嘩《けんか》腰《ごし》に来られるのではないかと莉央は身を硬くした。

髪がぼさぼさで目元がはっきり見えないせいか、不機嫌さも相まってめちゃくちゃ柄が悪そうだ。

身長が百六十五センチくらいしかない小柄な莉央にとって、推定百八十センチあるだろう男から間近で見下ろされると、ものすごい迫力を感じてしまう。

相手は大型の肉食動物。こちらは小型の草食動物くらいの差がある。

しかし莉央は気持ちでは負けるまいと、男をキッと睨み上げた。

「そ、そうです。見たところ、まだ二歳にもなっていないのでは？　まだ言葉もそんなに話せないのに、かわいそうじゃないですか」

「は？　誰の息子だって？」

この期に及んで、白を切るつもりなのだろうか。傲然たる態度を変えようとしない男に、莉央の苛立ちは爆発寸前だった。

「だから、あなたの！」

莉央は語気を強めた。

「知らねぇよ」

男は頑《がん》としてそれしか言わない。

「は？　知らないってことはないでしょう!?」

押し問答の末、莉央はさすがに声を荒らげた。

「きゃんきゃん騒ぐなよ」

鬱陶《うっとう》しそうに男は舌打ちする。

「僕は犬じゃない。あなたこそ、自分の子を放っておいたままのんきに寝てるとか、あまりにもお行儀《ぎょうぎ》が悪すぎでは⁉」

男はなぜか意外そうな顔をして莉央を眺めたあと、大仰にため息をついてみせた。

「だから、本当に知らねぇよ。そのガキは俺の子じゃない」

きまりわるそうに男は髪をぐしゃぐしゃとかき撫ぜた。うんざりといった顔をしている。その拍子にほんのわずかに前髪が流れ、彼の無骨な長い指の間から、困惑した表情がはっきりと映される。

存外さっぱりとした綺麗な顔をしているらしい。最初の粗野な印象と少し違って見えた。

「じゃあ、どうして玄関前に……」

「さあ。何がなんだかさっぱりだわ」

なんだか雲行きが怪しい。本当に心当たりがないらしい。莉央はだんだんと不安になってくる。

「一緒に住んでる人はいないんですか」

「見ればわかるだろ。一人暮らしだよ」

男は部屋の奥へと顎をしゃくった。

たしかに玄関には男ものの靴が数足しか見当たらないし、引っ越してきたばかりといってもいいくらいに殺風景に見える。

疑問符で頭がいっぱいになる中、男はようやく目が覚めたのかそれとも興味を示したのか、男の子の背負っているリュックに視線をやった。

「とりあえず、ここで言い合っててもしかたねぇし、そいつのもちもの、調べてみれば」

男は欠伸《あくび》をしながら言った。

どうやら本当に彼の子どもではないようだ。

「えっと、君、ちょっとリュックの中、見てもいいかな?」

莉央が問いかけると、男の子はきょとんとした顔をしたものの、こくこくと頭を振って、素直に応じてくれた。

「どーじょ」

「ありがとう」

莉央が微笑みかけると、涙の引っ込んだ顔にちょっとだけ笑みが浮かぶ。とてもかわいらしい表情だ。

こんな子を泣かせたままでいるなんて。ますます腹が立った。

「つーか、ちっこいガキ相手にいちいちお伺い立てなくてもいいだろ」

「そうはいきませんよ。小さな子どもにだって人権はあるんですからね。それにどんなに小さくたって、プライドだってあるんですすよ」

頭に血が昇っていたからかもしれない。ふと、自分の幼少期のことが重なった。散々、人権を侵害された苦々しい過去のことが——しかし今はそれどころではない。

「あんた、さっきから説教好きだな。教職かなんか?」

「そうじゃありませんけど……」

「ふーん。じゃあ、昔、生徒会長とか学級委員長やってた? 他人にそこまで関心を持てるなんて今どきいないぜ。正義感に溢れたまじめくんだなと思ってさ」

あくまで他人事でやる気のない男を尻目に、莉央は男の子のリュックを開けてみる。

中には色々入っている。お弁当箱、お菓子、水筒、ハンカチ、タオル、おむつ、ウエットティッシュといった日用品、それから着替え用の服……。

「まるでピクニックにでも行くようだな」

今まさに莉央が感じていたことを男は口にした。

一応この子を置いて行った人間にも親の心はあるようだが、この子がお出かけを楽しみにしていたのではないかと想像すると、なおさら気の毒になった。

莉央は少し視点を変えてみることにする。

「状況から推察《すいさつ》すると、もしかして、ただ迷子になって、自分の家に戻れなくなっただけとか?」

そうだとしたら、一軒ずつ訪ねてみないといけない。管理人に連絡した方が早いような気がする。それよりも交番に行った方がいいだろうか。

「みかん！」

男の子は急に声を上げ、目を輝かせた。そして、お弁当箱を指さし、莉央に見てほしいとアピールしてくる。

「ん？　どうしたの？」

「こりぇ！　みぃかん！」

「あ、みかんの絵？」

お弁当箱の蓋には、みかん、いちご、バナナ、りんご、ぶどう、といったフルーツがたくさん入ったバスケットの絵が描かれていた。

「こっち、りんごぉ！」

「あー二語文っていうの？　とりあえず知ってる言葉を言いたい年ごろか」

ふっと彼は微笑んだ。その表情からは人のよさを感じとる。寝起きで機嫌が悪かっただけで、悪い人ではないのかもしれない。莉央は直感的にそう思った。

「んじゃ、これは？」

彼がさくらんぼの絵を指でとんと叩く。

男の子はうーんうーん言いながら、一生懸命考えている。

「まだ食べたことはないか？　さくらんぼっていうんだよ」

「しゃく、りゃ？」

首を傾げつつ、うーうーともどかしそうにしている。彼は次にぶどうを指さした。

「こっちの紫の方は？」

「ぶーぶー」

拙いながらも、一生懸命に言おうとするが、なかなか言葉にならないらしく、男の子は顔を赤くしている。

「ぶどうだよ。ぶどう」

「ぶど！」

「はは。おもしれ」

（いやいや、面白がっている場合じゃないでしょ）

微笑ましいのかなんなのか、よくわからなくなる。

二人のやりとりを耳にしながら、莉央はバッグの奥に沈んでいたピンク色の紙片に気付き、手を伸ばした。

（なんだろう。これ……）

畳まれていた紙を広げてみる。そこにはこう書かれてあった。

『瑞樹《みずき》へ。私の代わりにあなたが朝陽《あさひ》を育ててください』

心の乱れを表すみたいに震えた文字を見て、莉央はなんだかとても嫌な予感がした。

「あの、みずき、というのはあなたの名前ですか？」

莉央にとって、好きな名前の字面なだけに、あまり信じたくない気持ちで彼を見た。

「ああ。そうだけど、自己紹介したっけ」

まだ完全には目が覚めていないらしい。男はとぼけたことをいう。

「置き手紙が入ってましたよ。これ、見てください」

莉央はメモを強引に瑞樹に差し出した。

「は？　なんだよ、これ。誰だよ」

瑞樹はメモに書かれた内容を何度も目で追いかけ、戸惑いの表情を浮かべていた。思い当たる節を探っているのだろうか。

「この子の名前、朝陽くんっていうんですね」

莉央が説明すると、男の子……朝陽は莉央の手を引っ張った。

「あの、ね、あっくぅん」

一生懸命、朝陽は伝えてくる。

「あっくんっていうんだね」

「うん。あっくん……」

頭を上下に揺らして男の子は笑顔を浮かべた。

涙はすっかり乾いていた。それだけでもちょっとだけホッとした。

きっと莉央と瑞樹が害をなす人間ではないということがわかったからかもしれない。

しかし問題の解決には至らない。

中に入っているものはすべて出して確認してみたが、他には何も情報がなかった。

「何か、心あたりはないんですか？」

改めて莉央は瑞樹に問いかけた。

「ああ、まったく。つまり、どこかの女がガキを人の家に押しつけていったってことか」

瑞樹は舌打ちをする。

「最低じゃないですか」

嫌悪感からきつい言葉が口を突いて出た。

「ああ、最低な親だな」

瑞樹も苦々しい表情を浮べる。その様子に、莉央は違和感を抱いた。

「いやいや、あなたが……その女性と関係している可能性が高いのでは？　女性があなたとの子を身ごもって――」

　莉央の言葉はすぐに遮られてしまう。

「いや、それはありえない」

　瑞樹には断固として認める気配はなかった。

　押し問答もここまで続くと疲れてくる。莉央はため息をつく。

　さっき悪い人ではないと思った自分の観察眼を速攻訂正したい。

　ひとまず、マンション内で迷子になった説はこれで完全になくなった。

「この子、どうするんですか」

「んーどうすればいいかね」

　瑞樹は困惑したように男の子を見ていた。

「と、とりあえず、然るべきところに連絡した方がいいですよね。さっき考えてたんですけど、近くに交番あるし、そこで話を聞いてもらうとか」

「しょうがない。そうするか」

　会話をしているうちにようやく目が覚めてきたらしい。

「おまえも大変だな」

　瑞樹は傍にいる朝陽を労わるように声をかけ、髪をやさしく撫でてから、のっそりと立ち上がった。

さっきまで関係ないと言いたげな顔をしていた彼とは思えないほど、慈愛に満ちた表情を浮かべていた。彼にも何か思うところがあるのだろうか。

＊　＊　＊

さっそく莉央は瑞樹と一緒に朝陽を連れ、近所の交番を訪れてみたのだが、そこで一件落着という訳にはいかなかった。

なぜなら、朝陽が急にぐずりだしてしまったからだ。

莉央のことを「ままぁ、ままぁ」といって抱きついて離れない。さらに隣にいる瑞樹にも救いの目を向け、「ぱっぱぁ、ぱっぱ」と泣き叫ぶのだ。

必死に怖いものを避けようとして力いっぱい抵抗している。

小さいなりに、何かを感じとっているのかもしれない。

「あっくん、大丈夫だよ。怖くないよ。おじさんたちは、お話を聞いてくれるだけだよ」

朝陽が警官に怯えているのを見て、莉央は優しく声をかけたのだが、朝陽は涙をこぼすばかり。

交番勤務の二人の警官は互いの顔を見合わせた。

「ママとパパねぇ。最近こういう事案も多いんですよ。自分たちの子どもを押しつけていこうとする若いカップルがねぇ」

警官に白い目を向けられ、何もやましいことがないのに目が泳いでしまう。

「そんな……第一」

僕は男なんですが……と反論しようと口を開きかけたときだった。

「あ、そういえば……もしかして、あのとき、か？」

と、瑞樹が何かを思い出すように口にしたのを、警官は見逃さなかった。

莉央は口を開いたまま、瑞樹の次の言葉を待つ。

二人の警官はまたもお互いの顔を見合わせてため息をついた。

「ほらほら、身内の事情は身内で解決してくださいね。ここは託児所じゃないんですよ。我々は忙しいんですから」

「さあ、帰った！　帰った！」と、強引に背中を押されてしまう。

「え、ちょっと待ってください」

何度も食い下がったものの無駄だった。

結局、交番から追い出されてしまい、次々にやってくる市民の対応で忙しそうにしている警官は、それ以上とりあってくれなかった。

莉央は唖然とし、途方に暮れる。

そして憤りの矛先は隣にいる瑞樹に向けられた。

「ちょっと、あなた。なんで言いかけて説明しなかったんですか。思い出したことがあるなら、ちゃんと最後まで言えばよかったのに。めちゃくちゃ誤解されちゃったじゃないですか。今さらもう聞いてくれませんよ」

せっかく交番まで出向いて話を聞いてもらう機会だったのに、自ら梯子《はしご》を外《はず》すなんて信じられない。

「悪い。けっこう前に、かなり酔わされた日があって、ひょっとしたらと思ったんだが、思い当たる筋に直接話を聞かないことには断定できねーしな。まずは連絡とってみるわ。さっきは間違った情報でこいつが振り回されるのはかわいそうだと思って引っ込めたんだよ」

瑞樹なりにも言い分があるようだ。

それに、彼を責めても事態は解決しない。それだけはたしかだ。

莉央の口から、はぁ……と、盛大なため息がこぼれる。

最終的な怒りの矛先《ほこさき》は警官たち二人に向いた。

「ちゃんと話も聞かずに……明らかに職務怠慢《たいまん》ではないですか」

「仕方ない。とりあえず出直そうぜ。これ以上騒ぎになると仕事にも影響が出そうだ。そうなると困る。この件、マネージャーにも相談する」

「マネージャー……あなたの仕事って？」

「ああ、一応、こんなんでも俳優だから。あまり人の目に晒されるのはちょっとな」

眩《まぱゆ》い陽光が彼の目にかかった黒髪を艶やかに染めていく。

はっきりと顔の輪郭《りんかく》が見えた瞬間、莉央は衝撃を受けた。

「はいゆ……って、待ってください。あなたって……まさか」

ある予感に、鼓動が速まっていた。

瑞樹、という名前に親しみを感じてはいたけれど。

彼の顔と、とある人の顔が重なり、莉央はあっと声を上げた。

「黒沢瑞樹⁉」

「そ。気付いてもらえた？」

瑞樹は髪をかき上げてみせた。たしかにはっきりと今は認知できる。

身なりをきちんと整えていないし、無精ひげが生えてるし、メイクもしていないせいか、全く気づかなかった。

人気俳優の黒沢瑞樹その人は、莉央の二次元の『推《お》し』を舞台で演じた人物でもある。たまたま仕事で莉央が舞台の脚本を担当することになり、それ以来、密《ひそ》かに二次元と三次元の間で彼を推していた。

そう、彼は莉央の『推し』なのである。

彼はいまや舞台だけではなくドラマや映画にも出演し、彼の写真集やグラビア雑誌は早々に完売するレベル。そんな輝かしい若手スターが目の前にいるなんて。

「まさか、ご本人とは……」

推しに気付かない自分の観察眼の無さにショックを受けつつ、信じがたいパニックから、莉央は何も考えられなくなる。そして、ただただ奇跡に縋るように、瑞樹の美しいシルエットに魅入られていた。

「そっちは？　まだ、あんたの名前聞いてなかったよな。仕事は何してんの」

問いかけられ、莉央はハッとする。

一瞬、現実を忘れ、夢の世界に飛び立っていた。

「……和泉莉央。えっと、一応、脚本家っていっていいのかな、脚本を書いてるんです。

僕もペンネームは本名で……」

咄嗟に取り繕うような内容が出てこなかったので、莉央はしどろもどろにそのまま回答してしまった。

すると、瑞樹はなぜか瞳を輝かせた。

「へえ。マジか！　和泉莉央……あんたが脚本家の先生だったのか。綺麗な名前だし、繊細で柔らかい作風から、てっきり女作家だと思ってたわ」

瑞樹は莉央をまじまじと眺める。

莉央は表舞台に出る人間ではないが、彼も自分が演じている舞台の脚本家の名前くらいは知らないわけではないだろう。

だからこそ、こうして知られるのが恥ずかしかった。これは『推し』に関しては秘密にしておいた方がよさそうだと心に誓う。下心があると思われたらいけない。

「そ、それよりも、今は朝陽くんをどうするかですよ。僕は仕事に戻らないといけないんですから」

すっかり懐いている様子の朝陽を見ていると、後ろ髪引かれる思いではあるものの、いつまでもこうしてはいられない。

「俺はとりあえず思い当たる節に当たる。それから、マネージャーにも相談しないとだな

「……その間、こいつどうするよ」

瑞樹が何かを言いたげに莉央を見る。莉央は目を合わせないようにしたのだが。瑞樹はずいっと目の前に迫ってきた。

「ちょっ……何っ」

推しに迫られる構図……という錯覚をむりやり引きはがす。今、目の前にいるのは、隣人の男。莉央はそう自分に言い聞かせた。

「まさか、見捨てるのか？　あんたが先に見つけたんだぜ。それに、こいつ俺よりも、あんたに懐いてるのに」

きらきらした朝陽の眼差しが、莉央の良心に突き刺さる。

「うっ……そ、そんなこと言っても、僕はまったく赤の他人ですし。あなたは違うじゃないですか。何か関係があるかもしれない人なんだし、自分でなんとかしてくださいよ」

責任転嫁されては困ると、莉央は必死に訴えた。

「先生、協力してくれたら、今後いいことがあるかもしれないぜ」

「いいことって……」

「あんたの望みをなんでも叶えてやるよ」

「なんでもって……」

「たとえば、演技の練習っていうテイで相手役になってもらうとか。憧れの人への接近でどきどきするような何か?」

瑞樹の誘惑めいた視線に耐えきれず、莉央はさっと視線を逸らした。

「……こ、公私混同をするつもりはないですよ。だいたい、僕は別にあなたの特別なファンっていうわけではないし、自意識過剰では」

言い返している間にも身体が熱を持つ。

この場で、推していることがバレやしないかと目が泳いでしまう。もしも悟られてしまったら、それこそ、彼にいいようにされてしまう気がする。ここは嘘で押し通すしかない。

どぎまぎしていると、瑞樹はふうんと何かを察知するような顔をした。

「ああ、なるほど。あんた、こっちか」

「え?」

「とにかく、これも縁だと思って、よろしく頼むよ。ママ」

このとおり、と瑞樹が顔の前で両手を合わせる。

「まぁま?」

朝陽がぎゅうっとしがみついてきて、莉央は再び眩暈を覚えた。これは精神的な眩暈だ。

「待って。ほんとうに待って……キャパオーバーになるから。っていうか、もうとっくにそうだから」

執筆を進めなければならない脚本がある。

時間がない。本当に、冗談じゃなく時間がない。

厄介なことに巻き込まれている場合ではない——というのに。

「っていうか、僕が母親役って決まってるのはなんで」

混乱の末に不服を唱えると、

「あんたかわいい顔してるから、警官も女だと思ったんだろうな。それか、母親に似てるとか？　それっぽいからじゃねーの。なあ」

瑞樹はそう言い、朝陽の頬を指でくすぐった。

それっぽい、とは？

少しも説明になっていない。たしかに自分は童顔の方だし、小さい頃から女によく間違われた。男にしてはひょろっとしていて、頼りなくて華奢な自覚はあるけれど。

自虐的《じぎゃくてき》にそう思いながら、ほんのわずかにきゅんとする。推しにかわいいなんて言われたら……あんまりにも尊《とうと》いではないか。

いや、待て。今はそれどころではない。

このまま巻き込まれたら、本格的に厄介なことになってしまいそうだ。

否《いな》、もうとっくに巻き込まれてしまっているか……。

結局、なんだかんだと莉央は足止めをされたまま——その後、瑞樹が思い当たる人物に電話をかけている間、朝陽の面倒を見ることになってしまった。

思い当たる人物の携帯電話は解約されていたらしく、仕事仲間の繋がりを頼ってよく利用する店にも聞き込みをしてみたが、足どりは掴めないままだった。

瑞樹は首を横に振った。

「完全に見当違いの可能性もあるしな。あとはもうお手上げだわ」

「他に思い当たる相手はいないんですか？　その人以外に」

少し苛立った口調になっていたのかもしれない。

「あんた、俺を遊び人だと思ってないか？」

「そういうつもりでは」

「不満そうな顔してるからさ」

莉央は自分の顔を思わず触った。知らないうちに嫌悪感が表に出ていたらしい。

「僕はただ、この子のことが心配で。どんな理由があったって、子どもを置き去りにして、この子の気持ちをないがしろにしていいことにはなりませんから」

莉央の言葉を受けて、瑞樹はまたどこかに連絡をする。その間、莉央は朝陽のリュックから水筒を取り出す。中はどうやら麦茶のようだ。コップに注いで朝陽の口元に運ぶと、朝陽は両手でがっしりと掴んで飲み干した。あれだけ泣いていたのだから、喉がカラカラになって仕方ないだろう。そんなことを考えたら、ますます胸が苦しくなってしまう。

「マネージャーが、あとから合流するってさ。とりあえず、しばらく預かる他ないみたいだな。俺の子かどうかも、はっきりしていない状況で、他に押し付けるわけにもいかねーしな。参ったわ」

電話を済ませた瑞樹はため息をついた。

たしかに、このままどこかに押し付けるのは、おいて行った親と同じことをこの子にしてしまうことになる。それではあまりにも朝陽が可哀そうだし、無責任だろう。

「ぱあぱ？」

「ったく、しょうがねーな。しばらくおまえのパパやってやるよ。朝陽」

大胆な笑顔を咲かせながら瑞樹が言う。

すっかり朝陽は安心したみたいな顔をしている。しかし莉央は冷静に苦言を呈した。

「預かる他ないにしても、関係がはっきりしていないなら、軽はずみな発言はやめたほうがいいですよ。まだ言葉は少ないですが、ちゃんと大人のいうことわかってるんですから。本気にしちゃいますよ」

しかし瑞樹の方はどこ吹く風といった顔だ。

「こいつがそう呼ぶんだからしょうがないだろ。安心させる言葉だって必要なときはあるんだ。たとえ『嘘』でも」

瑞樹の言葉が胸を突いた。

彼の言葉には実感が伴《ともな》っているように感じられた。

莉央は何と言ったらいいかわからず、黙り込んだ。

朝の陽の光がキラキラと地平線を照らす。その光が目に染みた。

マンションまでの帰り道に瑞樹がぽつりと言った。

「子どもを置いていっちまったことは許せないけど、朝陽っていう名前をつけたことだけは、褒めてやりたいな」

そのやさしい声音が、莉央の胸を締めつける。

「そんな素敵な名前をつけてあげられるんだから、子どもに愛情がないとは思いたくないですよね」

ぽつりと、莉央は呟く。メモを残して置いて行った相手が戻ってくる可能性は大いにある。望みを捨てるのはまだ早い。

莉央はどこかに存在している朝陽の母親に想いを馳《は》せた。

どうか迎えにきてほしい。明日にでも明後日にでも。一日でも早く。この子の手を取ってほしい。

やや感情的になっていたかもしれない。或いは、正義感とは名ばかりの同情のようなものが衝動的にこみ上げてきたせいだろうか。莉央は思わず瑞樹を呼び止めた。

「黒沢さん」

「ん？」

瑞樹が朝陽を抱き上げながら振り向く。

「……僕じゃ頼りないかもしれないけど、協力しますよ。できる限りのことは」

気付いたときには、莉央はそう申し出をしていた。

「後戻りはできないぜ？」

「はい」

「じゃあ、期間限定の家族っていうことで」

瑞樹はうれしそうに微笑む。彼のその笑顔に、胸を焼いていた焦燥感や痛みがすっと癒されていくのを莉央は感じていた。

「よろしく、先生」

「よ、よろしくお願いします」

ふたりは握手を交わす。仮のパパと仮のママ、疑似家族がここに誕生した。

朝陽は楽しそうにきゃっきゃと弾んだ声を上げた。まるでひな鳥の産声《うぶごえ》のようだった。

そして、瑞樹の腕の中にいた朝陽は、莉央の方へと両手を伸ばす。

脚本のシナリオはちっとも進まないというのに、現実は思いがけないドラマを生み出した。

自分に何ができるかはわからないが、瑞樹がさっき言っていたように、何かの縁がもたらしたものかもしれない。不謹慎かもしれないけれど、この出会いが何か自分にとっての転機になるのではないかという不思議なざわめきを感じている。

ずっとパソコンと睨めっこしながらこもりっぱなしの缶詰状態だったし、仕事関係以外の人と話をしたのは久しぶりだ。人間らしさを失いつつあったかもしれない。

ひょっとしたら自分は、人との関わりや温もりに飢えていたのだろうか。そんなふうに想いを馳せながら、莉央は無垢《むく》な眼差しを注いでくる朝陽をそっとやさしく抱きしめたのだった。

2

瑞樹のマネージャーがこちらに合流するまでの間、莉央と瑞樹は朝陽を連れて、ベビー用品店を訪れていた。朝陽を預かると決めたからには、必要なものを揃えなくてはいけないだろう。

（まさか推しとベビー用品店でデートする展開になるとは……）

目の前に広がるのは未知の世界。

なぜか推し俳優と一緒に二歳に満たない子どもを連れてここにいる。

莉央は一瞬くらくらと眩暈を憶えつつも、気を引き締める。

けっして浮ついているわけではない。期間限定とはいえ、幼い子を預かった責任は大きい。

ただ構ってやって遊んで面倒を見ればいいわけではない、一緒に生活をし、子育てをしなければならないのだ。

朝陽の背負っていたリュックの中にはお弁当の他に着替えやおむつなども一式入っていたが、二日分くらいしかなかった。

迎えに来るつもりで必要最低限のものを持たせたのだと信じたいが、もしそうではなかった場合、色々と買い足さないとならないだろう。

莉央は朝陽と手を繋ぎながら、スマホで子育てに必要なものを検索したのだが、種類の多さに頭が痛くなる。

「必要最低限……ってどの程度だろう？」

思わず隣にいる瑞樹に尋ねた。

「必要なときに使えないんじゃ意味ねぇし、ひととおり揃えた方がいいんじゃね？」

瑞樹はあっさりとそう言うが……。

抱っこ紐、幼児用の食器、着替えの洋服だって必要だ。毛布やタオルケットなどの寝具類、おもちゃなども揃えなくては。万が一、長期化した場合はベビーカーもいずれ必要になるかもしれない。

〆切の近い原稿と貯金通帳の存在が脳裏をかすめ、しばらく自分への投資はできそうにないな、と乾いた笑みがこぼれる。なにごとも夢と現実は違うのだ。

「まぁま」

両手を伸ばしてひしっと抱きついてくる朝陽が可愛くて、寒くなりつつあった懐がほんの少しあたたかくなる。

ほっこり癒されていると、サングラスに帽子をかぶって変装した瑞樹が呆れたような顔をする。次に何をするのかとおもいきや、よいしょ、と荷物のように軽々と朝陽を抱き上げ、さらに莉央の手を強引に握った。

「えっ」

「もたもたしてると、時間がいくらあっても足りないだろ。マネージャーが来るまでの間にさっさと済ませておこうぜ」

あれだけ寝起きの悪そうだった男の行動力に感心する一方で、心臓が早鐘を打っていた。微かに触れた指先にじれったいような熱がじんと疼く。

（なるべく意識しないようにしてるのに……）

同性だが、小柄で細身の莉央に比べ、瑞樹は骨格も背丈も何もかもひとまわり大きく、厚みのある手に力強く引っ張られると、まるで彼の方がいくつも年上かのような頼もしさを感じられた。

悠然と舞台に立つ彼に惹かれ、彼の美しい容姿に留まることなく、立ち居振る舞い、その演技に心を奪われたのはいつのことだったか。

きっかけは好きな原作小説が舞台化されたこと、偶然たまたまその作品の脚本を担当することになったことからはじまったわけだが、気づいたときには仕事の合間に足繁く舞台に通い、彼の出演作をチェックしていた。黒沢瑞樹という役者を知るたびに、彼のストイックな姿勢にも惹かれた。

瑞樹がそのことを知ったら、彼は一体どんな顔をするだろうか。

（まさか、こんなことになるなんて……人生ってわかんないもんだな）

悶々と考えていると、瑞樹に抱っこされている朝陽のきょとっとしたふたつの丸い瞳と視線がぶつかり、莉央は頬を赤らめた。

「な、なんでもないよ。あっくんの好きなものお買い物しようね」

「はぁい」

元気のいいお返事に安堵しつつ、莉央は自分の部屋の惨状《さんじょう》を振り返った。

〆切前でぐちゃぐちゃになったデスク周りはもちろん推しに関するものも隠しておいた方がいいだろう。

店に到着するまでに少し今後のことを瑞樹と話したのだが、基本的に莉央が瑞樹の部屋に通うことになるだろう。しかしお互いに仕事があることを考えれば、どちらかが朝陽の面倒を見ている間、いずれ行き来することだってあるかもしれない。外での仕事が多い瑞樹より比較的融通が利くのは莉央の方だ。それなら一緒に暮らせばと、瑞樹は簡単に言うけれど、そう簡単には頷けない。隣の部屋というのが幸いだった。

（まあ、隣人じゃなければ、こういうことにもなってなかったんだろうけど）

「とりあえず、抱っこ紐あたり？　ずっとこいつ抱っこしてるのもしんどいだろ」

「たしかに。そうですね」

瑞樹が抱っこしている分には、余裕があるように見えるが、普段重たいものを持ち続けることなんてない莉央からすれば、筋肉などほぼないような自分の腕が一体どの程度持つものかわからない。

推定約八キロ〜十キロだとして。移動するたびにお米をずっと抱えていくようなものだ。子育てに奮闘《ふんとう》する世のお父さんお母さんのことを改めて尊敬する。

朝陽が機嫌よく歩いてくれるうちはいい。けれど、まだよちよち歩きだ。歩幅は狭いし、大人と同じだけの長距離を歩くことはできない。途中で歩くことがいやになり、ぐずることだってあるだろう。

ショッピングカートには幼児を乗せられる仕様になっているが、交番で一問着《ひともんちゃく》があったせいで警戒しているのか、朝陽は莉央たちから離れたがらなかった。

それに、好奇心旺盛な子どもはとにかくきょろきょろ動く。抱っこ紐があれば両手が自由になるし、万が一の落下も防止することができるだろう。

売り場の目印を頼りに、朝陽を抱っこしたまま移動する。

「抱っこ紐はこのへんか」

瑞樹がそう言いながら辺りを見渡す。

すぐ近くの売り場に左手にはベビーベッドや寝具類、右手にはベビーカーやチャイルドシートなどもあった。

並んでいる抱っこ紐を見比べてみるが、メーカーやデザインもたくさんあり値段もピンキリでどれがいいのか途方に暮れる。

瑞樹の手がすっと離れて、莉央は少しだけ残念なようなほっとしたような気持ちになった。

彼も真剣な顔で顎に手をやり、選んでいる。

「どれがいいのかさっぱりわかんねぇな」

「抱っこ紐をお探しですか？」

店員の女性がやってきて、にこやかに莉央たち三人を見る。彼女の視線は小さな朝陽から背の高い瑞樹の方へと向けられた。イケメンオーラが漂う彼に、何か感じるものがあったらしい。

「えっと、色々あって目移りしてしまって」

有名人だとバレたら困ると思い、莉央がとっさに答えた。

「迷いますよね。売れ筋はこのあたりで、オーソドックスなものですとこちらとか、2《ツー》WAY《ウェイ》がおすすめですよ。おんぶと抱っこに切り替えができて、ヘッドのところに安定感があるものがおすすめです」

次々に店員がおすすめのものを出してくる。

「実際に試してみた方がいいんじゃないか」

「ぜひ、ご試着してみてください。抱っこもおんぶも、パパとママが交代しやすいように調整しやすさではこのあたりもいいかもしれませんね」

「なるほど」

他の客に呼ばれて店員が離れると、瑞樹が近づいて抱っこ紐を調整しようと動く。

急に密着するものだから、莉央はどきりとした。

(え、ちょっと近すぎ……では!?)

莉央は思わず目をぎゅっと瞑った。

すると、瑞樹が目の前で急に笑った。

端整な顔がくしゃりと崩れる様には、なんともいえない色気を感じた。

「先生。意識しすぎ。なんの期待したんだよ」

「えっっ……ちがっ……」

おそらく莉央の顔はとんでもなく真っ赤になっているのだろう。

瑞樹がにやりと口端を引き上げる。

「かわいいねぇ。おまえのママ。初々《ういうい》しくて」

そう言い、朝陽に話を振る。朝陽はきょとんとした瞳で莉央を見る。

無垢な視線を向けられると、なおさら煩悩《ぼんのう》にまみれそうになった自分がますます恥ずかしくなってしまう。

「そうじゃないし、違いますったら」

「むきになるなよ。なー朝陽」

意味もわからず同意を求められた朝陽はとりあえずこくこくと頭を振っている。

莉央も朝陽もすっかり瑞樹のおもちゃと化していた。

「ついでみたいに僕たちで遊ぶのはやめてもらえます?」

瑞樹は話を聞いているのか聞いていないのか、さくっとスルーされてしまい、今度は真剣な表情で抱っこ紐を調整しはじめた。

「で、どうよ」

「あー……ぴったりかな」

莉央は身動きの確認をする。

「調整しやすそうだし、これが良さそうじゃないか？」

「じゃあ、これに決めましょう」

試しにおんぶの方も調整してみて、瑞樹のいうとおりに決定した。

店員のおすすめを聞きつつ、瑞樹があれこれ試してくれ、ふたりで決めていく。今のところ朝陽はごきげんだ。

そうして必要なものを色々揃え、最後におもちゃ売り場を訪れると、朝陽は突然身を乗り出し、手足をばたつかせた。

「おんり、しゅる」

俄然《がぜん》やる気を出したらしい。おもちゃの力はすごい。莉央は笑った。

「いいよ。どれがいいかな」

「わんわん。にゃんにゃん」

指を差しながら朝陽がとてとてと歩き出す。目がきらきらと輝いていて、宝物を前に、もうほかのものは目に入らないといった様子だ。

「ぴよ、ぷよ～ぴぴ！」

朝陽はひよこを見つけて笑顔になる。それから動き出す動物から流れる音楽に合わせて手を叩いた。愛らしい子どもの仕草に、莉央の頬が緩んだ。

「子どもにとっちゃおもちゃ売り場なんてワクワクの宝庫だよな」

どうやら瑞樹も同じだったようだ。彼の目元にもやさしい皺《しわ》が刻まれていた。

「そうですね」

「選ばせておけば。今のうちに消耗品買ってくるよ」

「わかりました。じゃあ、お願いします」

行動力のある瑞樹に、莉央はまた頼もしさを感じていた。最初はどうなることかと思ったが、今のところは順調に事を進められている。

（この調子なら、なんとかやっていけそうかな……）

おもちゃのピアノに手を伸ばしてみたりサッカーボールに抱きついてみたり、朝陽の愛らしい様子を見守っていたときだった。

朝陽よりも少しだけ大きい子がやってきて一緒におもちゃに手を伸ばした。最初はそれぞれ別のものを手に持っていたが、やがて朝陽が持っているものに興味があるのかその子は奪うように手を伸ばした。

何度か朝陽はその子に譲っていたのだが、だんだんと嫌になってきたのか、いきなり大きな声を上げた。

「やんや。あっくんのぉ！！」

「こっち。そっち！」

子どもたちの戦争が勃発《ぼっぱつ》したらしい。莉央は狼狽《うろた》えた。

「やぁ。あっちぃ」

「こっちの。あっちいけ」

「え、っちょと待った」

言い争いが激化し、慌てて仲裁《ちゅうさい》に入ろうとしたときだった。

莉央は目の前の光景に愕然とする。

なぜなら、男の子が朝陽の頬をいきなりばちんと叩いたのだ。

（ええ……⁉）

驚いた朝陽はきょとんとした顔をしたまま、固まってしまった。

「あ、朝陽、だいじょうぶ？」

朝陽は相当びっくりしたらしく、何が起きたのか自分で把握しようとしているのだろう。自分の頬を叩いて、莉央にジェスチャーしている。子どもの弱い力とはいえ、ショックだったのだろう。

「ぱしぱし、いやいや」

そう言い、ほんのり涙目になっていた。

「そうだね。ちょっとびっくりしちゃったね。よしよし」

莉央は朝陽の頬をやさしく撫でた。ひしっと朝陽が莉央の胸に抱きついてくる。泣き出すことはなかったが、唇がへの字になっていた。

一方、男の子はおもちゃを守ることだけに必死になっていて朝陽を気にかける様子はない。そっと距離を置くことにして、莉央は朝陽のために別のおもちゃをどれか選ぶことにした。

「あっくん、こっちはどう？」

朝陽は気を取り直しておもちゃを触ろうとしたのだが、突然男の子がだっと駆けて込んできて、また朝陽の手を叩こうとする。

「え、ちょっ……」

莉央は目を丸くした。

「あっち！　いけ！」

男の子は威嚇《いかく》をやめない。

さすがに朝陽はしょんぼりして、莉央に救いの目をもとめてきた。

「まぁー……あっくんのぉ、ないない」

しかし男の子は知らんぷりした挙句に、ちらっと朝陽を見る。もう完全にライバル視しているようだ。

（困ったなぁ）

それからも、仕方なく耐えていたのだが、朝陽が選ぼうとするものを先回りして全身で妨害しようとする。

（こ、こいつぅ。なかなか性格悪いぞ）

それからも、少しでも朝陽が興味を示したものは邪魔をしようとした。

莉央はなんとかそうならないようにガードしていたのだが、おもちゃを雑《ざつ》に投げるし、だんだんとエスカレートしていくことに苛々しはじめていた。

（いけない。いけない。仏《ほとけ》の心も三度……）

やっと男の子の興味が他にうつったことで、朝陽がお目当てを手にして笑顔になったそのとき、背中に目でもついているのかという素早さで、朝陽に突進してくるではないか。

さすがに言わなくてはならない。仏は鬼へと変わった。

「あー……こらこら。そんなふうに乱暴しちゃだめだよ。お手々もほっぺたもいたいたい。君もこの子も怪我しちゃうよ」

しかし次の瞬間、莉央はさっそく後悔することになる。

「ふぇっ」

あ、これはまずいパターンだ。

覚悟したその瞬間、売り場にわーんと泣き声が響き渡った。莉央は思わず天を仰《あお》いだ。

「うちの子に何するんですか！」

離れた場所にいたらしい母親が慌てて飛んでくる。

莉央はまた厄介ごとが大きくなってしまったと、心の中でため息をついた。

「実は……お子さんの手が間違えてうちの子に当たってしまったんですよ」

事実をやんわりと告げ、「でも、ちょっと間違えただけですから大丈夫ですよ」と穏便《おんびん》に済ませようとしたのだが。

「そんなわけないでしょう。じゃあどうしてうちの子が泣いてるんですか。逆なんじゃないですか」

なぜかこちらが悪者扱いの上に、ものすごい剣幕でまくしたてられてしまい、反論する隙がない。

「乱暴にして、人の子を泣かせるなんて、躾がなってないんじゃないですか」

いや、それはあなたの子の方なんですが。

言い返したかったが、莉央はなんとか堪《こら》えていた。

「ですから……」

何がなんでも相手のせいにして謝るまで解放してくれなさそうだ。

しかし大人の都合で善と悪のすり替えを見せるわけにはいかない。ここは頑として折れるわけにはいかない。

莉央が口を開こうとしたとき、瑞樹がすっと割って入った。

突然、サングラスを外した瑞樹に、莉央はぎょっとする。

なにをするのかと見守っていると、瑞樹は母親の目線に屈んだあと、彼女にひそひそと囁きかけた。

「あんた、せっかく可愛いのに台無し。もっとやさしいママの顔をしてくれよ」

「えっ……」

突然のイケメンに迫られた衝撃からか、母親の顔がみるみるうちに赤くなっていく。手に持っているものを落としそうな勢いだ。

あ、これは落ちたな……と、莉央は白《しら》けた目で見ていた。

「ほんとはわかってるんだろ。どんなに小さくても子どもは見てるんだ。親の顔を。あんたも目を離しちゃだめだ」

「……す、すみませんでした」

母親は子どもを抱き上げ、瑞樹のことを気にしながらもその場からそそくさと去って行った。

「いるよな。理不尽なやつって。たとえ子どもを守るためであっても、事実から目をそらして正当化しようとするのはよくないだろ」

瑞樹がまっとうなことを言っている。

「目立つようなことして良かったんですか」

「どうせなら、先生相手に迫りたかったわ。落としどころとしては間違ってないだろ」

瑞樹はしれっとそんなことを言う。

「まあ、それがあなたの武器なんでしょうし」

真面目にあれこれ悩んでいた莉央としては、なんだかちょっと複雑な気分だ。

「先生も。さっきのかっこよかったんじゃん？」

「え？」

「ちゃんとママだった。見守るべき時と守らなければならない時の線引きをちゃんとしてた」

屈託のない笑みを向けられ、顔が熱くなる。

推しの表情と重なったからというだけではなく、彼の言葉が何より胸に刺さった。

十歳の頃に両親が離婚し、女手ひとつで育ててくれた母親のことを思い出し、きゅっと心臓が痛くなる。母親はもうこの世にはいないのだ。莉央が親から得られる愛情はもうどこにもない。

「先生？」

瑞樹の声にハッと我に返る。

今は過去を振り返っている場合ではない。

「ううん。なんでも。そろそろ会計しようか」

朝陽もようやく気にいったおもちゃを手にできて楽しそうにしている。

レジで会計を済ませると、声をかけてきた店員がこっそり耳打ちをしてきた。

「素敵な旦那様ですね」

「そう、でしょうか」

店員が笑顔で頷く。

褒められたのは自分ではないのに、なぜかとても誇らしげな気持ちになった。

「またのお越しをお待ちしております」

しかし完全に誤解……いや、疑似とはいえ親子で買い物にきているのだからそうなのだろうけれど。心臓に悪いワードをもらってしまったものだ。

（旦那様、か）

出逢い方は散々だったけれど、案外瑞樹はよい父親になるのではないかと思う。

それに対して自分はどうだろう。瑞樹は褒めてくれたけれど、ちっとも自分ではピンとこない。

小さな命を預かっているのだから、もっとちゃんと覚悟をもって母親代わりになるよう意識改革しなくては。そんなふうに反省する莉央だった。

＊＊＊

ベビー用品店で買い物を終えたあと、瑞樹の所属事務所『エモーショナルアクト』のマネージャー狭山景子《さやまけいこ》が車で迎えにやってきた。四十代後半くらいのやさしそうな美人だった。

「この度は、弊社《へいしゃ》のタレントの事情に和泉先生を巻き込んでしまい、大変申し訳ありませんでした」

彼女は到着するなり車から降りて、莉央へ頭を下げた。

「いえ、そんな……頭を上げてください」

巻き込まれたのは事実だが、こんなふうに謝罪されると、推しの件であれこれ意識していたこちらの方が罪悪感を抱いてしまう。

「……脚本家の和泉先生と一緒に子どもを育てることになったと連絡を受けたときは本当に何事かと思いました。私も最初は半信半疑《はんしんはんぎ》で……驚きました」

瑞樹から連絡を受けた狭山のそのときの心情は察するに余りある。事務所にとって瑞樹は大事な人材であり商品なのだ。

それに、彼はどこか言葉足らずのところがあるようだし、相談というよりも事後報告のような感じになってしまったことだろう。

きまりわるそうにしている瑞樹を尻目に、莉央は朝陽を抱っこし直しながら口を開いた。

「僕もまさか黒沢さんが隣に住んでいらっしゃるとは思わなかったですし……こんなことになるなんて考えもしませんでした」

「そうでしょうね」

「でも、乗りかかった船というか、一緒に決めたことなので。むしろ、協力すると申し出たのに頼りないのは僕の方かもしれません。なんとか、早く迎えにきてもらえたらいいんですけれど……」

狭山は瑞樹の方を振り仰いだ。

「私もさっき話を聞いたばかりで混乱していて……今後のことを色々考えたいところだけれど、まずは朝陽くんの健康状態を診てもらった方がいいと思うの。小さな子だとアレルギーを持っていたら、食事のことも特別気をつけて考えないといけないし……預かるっていってもそう簡単にはいかないのよ」

肩を竦める瑞樹に、狭山がてきぱきと指示を出す。

「荷物を積んだら、まずは乗ってちょうだい。託児所の伝手《つて》で小児科医を紹介してもらったから、そこへ朝陽くんを連れていきましょう」

狭山の車に乗り込んだあと、急きょクリニックで朝陽を診てもらうことになった。クリニックでは、健康診断の他に、感染症の有無を調べたり、アレルギーの検査をしたりした。

「――診させていただきましたが、身長や体重、体つきや歯の生え方からすると、一歳半から二歳になる間というところでしょうか。発達こそ個性はあるかと思いますが、注射痕を見れば、最低限の必要な予防注射はしてあると思いますし、次は二歳のお誕生日頃を目安に検診すれば大丈夫だと思いますよ」

医師はそう説明しつつ、朝陽に微笑みかけた。

聴診器をあてられてくすぐったがったが、看護師に着替えさせてもらい、遊んでもらっていると思っているのか、朝陽は終始ごきげんだった。

莉央は医師からの説明にホッと胸をなでおろす。しかし心配ごとは尽きない。

「その、事情が事情なだけに、お誕生日が……わからないんですよね」

同じ年ごろとはいっても、誕生日がわかるだけで対応の仕方が違ってくる。

もしも手元に母子手帳があれば、様々な情報が確認できたのに、と思う。無論、母親は知られたくない情報があるからこそ残さなかったのだろう。

「そうですか。それでは心配でしょうから、一ヶ月ごとに検診しますか？」

医師に訊かれ、莉央は頷く。

「そう、ですね。その方が安心かも……」

「では、ご都合のよろしいときにクリニックに電話で予約を入れてください。いつでもご相談には乗りますから。それと、これからどんどん寒くなってきます。子どもはちょっとしたことでも熱を出しやすいですし、気をつけてみてあげてください」

「わかりました。ありがとうございました」

莉央と瑞樹は揃って医師に頭を下げる。

　それから莉央が朝陽を抱いて瑞樹と一緒に診察室をあとにすると、待合室で待っていたマネージャーの狭山がこちらにやってきた。

「どう？　大丈夫だった？」

「ああ、問題なし」

　瑞樹が答えると、狭山は大仰にため息をついてみせた。

「まったく。瑞樹に子どもができたっていうから、心臓が冷えたわよ」

「実際にそうだろ。コウノトリが運んできたとでもいっておくか？　じゃなきゃ、ただの誘拐犯になっちまう」

　と、瑞樹が朝陽の頭をぽんと軽く撫でた。狭山は頬を硬くする。

「ちょっと冗談でも言わないでそんなこと。大丈夫なの。やっぱり一日でも早く、然《しか》るべきところに預けるとか、考え直したらどう。あなたも、これからというときなのに」

　莉央の手前、遠慮がちに狭山は言った。

　並んでいるのを見ると、瑞樹と狭山が親子といっても不思議ではないかもしれない。

「そうだけど、書き置きの件もあるし、もう少し母親が迎えに来るのを待ってみようって話になったんだ」

「心当たりは……本当にないのね？」

「一応、思い当たるやつに色々当たってみたが、手ごたえはなし。俺が父親である可能性が少しでもあるうちは、預かるしかないだろうよ」

「言っておくけど、子育ては遊びじゃないのよ」

狭山はそう言い、柳眉を吊り上げる。

「わかってるよ。それはもちろん肝《きも》に銘《めい》じているさ」

と、瑞樹は肩を竦めた。

「今度は何かあったら……じゃなくて、何かある前に、ちゃんと連絡してちょうだい」

狭山は瑞樹を叱ったあと、莉央の方に頭を下げる。

「本当にこの度はご迷惑をおかけしてしまい申し訳ありませんでした」

「いえ。こちらの方こそ……。僕らでは考えが至らなくて。狭山さんがすぐに小児科の先生を紹介してくださって、とても有難かったです」

それは、社交辞令ではなく本心だった。

帰りも狭山にマンションまで送り届けてもらい、うとうとしている朝陽を抱っこしながら、瑞樹と一緒に狭山に別れを告げる。

「今日はありがとうございました」

「私もこちら側で色々フォローできるよう対策を考えます。あまり先生のご迷惑にならないように言っておきますから。どうか瑞樹のことお願いします。瑞樹、あなたもしっかりね」

「マネージャー、サンキュ。お疲れ様でした」

瑞樹もマネージャーには頭が上がらないらしい。借りてきた猫のようにおとなしい。狭山が去ったあと、瑞樹は肩の荷《に》をおろすようにため息をついた。

「マネージャーの狭山さん、なんだか、お母さんみたいですね」

莉央が言うと、瑞樹はきまりわるかったのか、首の後ろを掻いた。

「まあ、母親代わりではあるな。実家には勘当《かんどう》されて、この業界に入ったからさ。あの人にはずっと世話になっているし」

勘当という言葉に、莉央は笑みを消した。彼の様子を窺いつつ、控えめに口を開く。

「それは、初耳です……ね」

「俺も今はじめてマネージャー以外の誰かに喋った」

瑞樹はさらっと言った。

「えっ。そんな大事なことといいんですか。僕に話して」

「あんたのことは信頼してるから」

瑞樹から微笑みを向けられ、一瞬言葉が出てこなくなった。

突然与えられた特権に、嬉しいやら恥ずかしいやら、喉のあたりがむずむずする。

「かいかぶりすぎでは？　隣に住んでいるのさえ知らなくて、出逢ったばかりですよ？」

莉央は苦笑する。

これでは狭山が心配するのも無理はないだろう。

「朝陽と一緒だよ。なんとなくこの人なら大丈夫って、本能的に感じたんだよ」

瑞樹の気持ちが嬉しい半面、莉央は一抹《いちまつ》の不安を覚えた。

「騙《だま》されやすい人間ほど、そういうものですよ。気をつけないと」

「照れるなよ、先生」

瑞樹は揶揄《やゆ》するように言うが、それ以上は追及されたくないのかもしれない。そう悟った莉央は聞き流すことにした。

とりあえず、ほっとしたら腹が減ってきた。帰宅したら、朝陽にもご飯を食べさせてあげなければならない。お昼はリュックに入っているお弁当があるが、夕飯は作らないといけないだろう。アレルギーがないことがわかっただけでも幸《さいわ》いだ。何かがあってからでは遅いのだから。狭山には感謝しなければならない。

「今日の夕飯、何か食べたいものありますか？」

「オムライスとか？」

うーんと、瑞樹が想像している。

「そうだ。このレシピ参考に作ってみてもいいですかね」

莉央はスマホを取り出し、車の中でチェックしていたレシピの画面を表示させる。

「どんなやつ？」

瑞樹が莉央の手元を覗き込んできた。

鶏肉をそぼろ状に炒《いた》め、すりつぶしたコーンとケチャップを混ぜ合わせたチキンライス、その上にふわっとした卵を乗せた、ごくごくシンプルなオムライス。

ふっくらとしたオムライスの上にはにんじんを花型にした柔らかいソテーを乗せ、ケチャップで名前を描く。

小さくカットしたブロッコリーとミニトマト、残りのコーンを付け合わせに添える。色どりもよくて食欲がそそられそうだ。先ほど医師からは離乳食から固形食に移り変わる月齢だと聞いた。朝陽にとっても食べやすいメニューだろう。

「へえ。かわいいんじゃないか？　じゃ、あとで近くのスーパーに行ってこようか」

「朝陽が喜んでくれたらいいな」

そう言いながら、莉央は無意識に微笑んでいた。

「先生、さ」

突然、瑞樹が真剣な顔をする。

「はい？」

莉央は瑞樹を見つめ返した。

「あーいや。散々付き合わせちまったからさ。自分の仕事は大丈夫なのかよ」

どうやら瑞樹は莉央のことを心配してくれていたらしい。

彼に隠しておくことでもないだろう。そう思い、莉央は正直に言うことにした。

「仕事は……しなくちゃいけないけど、手につきそうにないっていうか。実をいうと、スランプなんですよね。なんとか〆切は守ったけれど、多分リテイクされるかも。次はもっと時間がかかるかもしれない。ストーリーのテーマである家族っていうものがよくわからなくて」

莉央の脳裏には幼少の頃の記憶が度々蘇ってくる。

それは、幸せなホームドラマとは似ても似つかない悲惨な光景だ。

母親のことは大好きだったが、笑顔でいたことの方が少なかった気がする。そして父はいつも不機嫌だった。結局、離婚してバラバラになり、母は病《やまい》に倒れ、他界した。

風の噂で、父は再婚したと聞いた。けれど、会いたいと思わないし、どうしているか知りたくもなかった。

今さら父の不幸を願うわけではないが、もう父とは他人のまま二度と戻ることはないことだけは確かだった。現実は、ハッピーエンドというわけにはいかないのだ。それが筆《ふで》を止めている原因のひとつかもしれない。

「家族……か」

瑞樹はぽつりとつぶやいた。

「脚本の詳細については守秘義務があるから詳しくは言えないんですけど、今、ホームドラマ系の脚本を書いているんです。正直、苦手分野です。もちろん何がテーマだとしても仕事として割り切ってはいるけれど、小さい頃に離婚した両親のことを考えると、薄っぺらいものしか作れなくなりそうで、自信がないというか。情けない話です」

「そっか。先生も色々あるんだな」

何かを期待したわけではないけれど、もっと踏み込んでくるかと莉央は構えていた。

しかし瑞樹はそれ以上何も言わなかった。

彼のやさしさなのか、それとも彼にも何か秘めていることがあるのだろうか。

勘当されたということをさらっと口にしていたけれど、実際は相当大変なことだったのではないだろうか。しかし、きっと特別なきっかけがない限り、瑞樹の方からは口にしたりしないような気がした。

＊　＊　＊

「キッチン、適当に使っていいですか？」

スーパーで買ってきた材料――人参、玉ねぎ、卵、鶏肉などを袋からひとつずつ取り出しながら、莉央は瑞樹に訊ねたのだが、いっこうに返答がない。

（あれ？　どうしたんだろう）

莉央は今、瑞樹の部屋にいる。

お昼にお弁当を食べさせたあと、朝陽は眠くなったらしいのでお昼寝をさせていた。その間に莉央は一旦自分の部屋に戻ってから事務仕事を片付け、夕方になる前に瑞樹と一緒にベビーカーに朝陽を乗せてスーパーに買い出しに出かけた。

帰宅して彼は朝陽をトイレに連れていったのだが、悲鳴のようなものが聞こえてきて、莉央は慌ててそちらに向かった。

「どうしたんですか？」

「あーちょっとした事件発生」

困惑したように瑞樹が言う。

彼は床をトイレクリーナー用のウエットティッシュで掃除していた。

「しっこ、しっし」

恥ずかしそうな顔をした朝陽が、瑞樹にしがみついているではないか。

「ひょっとして……間に合わなかった感じですか？」

子どものプライドを折らないよう、莉央は瑞樹にこっそりと問いかけた。

いやいやと頭を振って、朝陽は瑞樹に隠れてしまう。

「まあ、こんなこともあるさ」

と、瑞樹は朝陽を励ました。

「服、洗わないとダメだな」

「じゃあ、僕は汚れものを入れる袋と、着替え持ってきますね」

「けっこう濡れてるから、先に風呂に入れてもいいか？」

「そうですね。風邪引かせちゃうし。あ、シャワーの温度の調整だけ気をつけてくださいね」

「ああ。先生は着替えの準備、頼むわ」

「わかりました」

瑞樹が朝陽を抱き上げ、そのままバスルームに移動する。濡れた洋服を脱がせたあと、自身も裸になろうと脱ぎはじめた。程よく鍛《きた》えられた、引き締まった上半身があらわになり、莉央はぎょっとして慌てて後ろを向いた。

推しの身体を勝手に見るわけには！

「そ、それじゃ、お願いしますね！」

動揺を押し隠しつつ、汚れた衣類を袋に入れ、それからひとまずバスタオルを準備する。瑞樹が朝陽をお風呂に入れてあげている間、汚れた服を手洗いし、洗濯機の中に放り込んだ。

それからリビングに戻って着替えの準備にとりかかる。パンツ、肌着、上下のスエットを床に並べる。

バスルームが開いて、バスタオルにくるまった朝陽が、勢いよく飛び出してくる。

「あ、こら！　先生、朝陽そっち行った！」

「えっ？」

瑞樹の声が届いて、莉央は「きゃああ」と声を上げ、弾丸のようにまっすぐに向かってくる小さな生命に、莉央は目をまん丸くする。まるで突進してくるイノシシのような勢いだ。

「わあっ」

莉央は慌てて両手を広げ、朝陽をキャッチする。危なく転ぶところだった。

「あっくん、走ったら危ないよ」

「えへへ」

悪びれない笑顔に、莉央は脱力する。

「じゃあ、身体をちゃんと拭いて、お着替えしようね」

あたふたと下着や服を並べている間も、朝陽はひょこっと跳ねたり身体を揺らしたり、あちこち興味を示してじっとしてくれない。パンツと肌着を順番に着せていると、じたばたしはじめた。

「あっくん、ほら、風邪引いちゃうから」

不慣れな行為に四苦八苦している間にも、瑞樹が髪をタオルで拭きながらリビングに戻ってくる。

水も滴るいい男を観察……している暇など一切なかった。

「ったく、じっとしてねえのな。先生、手伝うよ」

瑞樹が笑って、莉央の傍にやってくる。朝陽を捕まえたあと、二人がかりでお着替え夕イムにとりかかる。なんとか頭の上から着せようとしたのだが、なかなか入らない。

「あれ？　サイズが小さい？」

「ボタンがついているから、これ外せば」

「あ、そっか」

瑞樹に言われたとおり襟元のスナップボタンを外すと、するりと頭が入った。

「あっくん、ここにおててをいれてね」

袖を通すように声をかけている間に、瑞樹がズボンを履かせてくれ、ようやく着替えが完了した。

「これを毎日……か」

莉央の口から思わず本音がこぼれ出る。

着せ替え人形のようにすんなりいくイメージを勝手に抱いていたかもしれない。

「大人は俺たちしかいない。頼れるところもない。まあ、慣れるしかないな」

瑞樹は腹を括っている様子だが、それでも彼も戸惑っているのが表情から伝わる。

そんな大人二人の様子など知る由《よし》もなく、朝陽は次なる要求を伝えようと、莉央を見上げた。

「みっつみ」

そう言い、指をしゃぶる。

「えっと、喉が渇いたのかな。お風呂上りだから……お水でいいかな」

食器棚から取り出したコップに水を注ぎ、少しずつ飲ませようとしたのだが、思いのほか朝陽の手の力が強く、グラスがつるりと滑ってしまった。

瑞樹が咄嗟にグラスを受け止めようとしたが、一足遅く……カーペットの上に盛大にこぼれてしまう。

「あーあ！」

誰より先に、朝陽の口から、がっかりしたような声がこぼれた。

「あっぶな。グラスが割れなくてよかったよ。今度から、プラスチック製の使わないとな」

「マグがありましたよね。あれに入れればよかったんだ」

莉央は瑞樹と顔を見合わせ、思わずため息をつく。

「戦場では」

「はは。違いないわ」

「気を取り直して、食事の支度をしましょうか」

「わかった。その間、目を離さないようにしておく」

食事がはじまってからも、まるでコントのような騒がしさは続いた。

最初は食べさせてあげる可愛さに癒されていたものの、朝陽の自己主張によりスプーンを持たせてからはあちこち散らかして汚れるし、気が気ではなかった。

食事のあとはまたトイレに駆け込み、いやがる歯磨きをなんとか終わらせ、そして、うとうとと頭をふりはじめた朝陽のためにベッドを広げ、ようやく寝かしつけた頃には、莉央と瑞樹は揃って脱力していた。

「あ、シンクの片づけ……洗濯物も干さないと」

「じゃあ、俺、洗濯干しておくよ」

話をしていると、朝陽が寝返りを打って、二人して身構えた。

一分一秒たりとも、休んでいる暇がない。

「怒濤《どとう》の一日でしたね……。子育てって、想像していたより、ずっと大変……」

鯉《こい》のぼりのように並んだ子供服と、小さな寝息を立てる朝陽……微笑ましい光景とは正反対の、あちこち散らかった部屋を眺め、莉央は苦笑する。一分一秒前の記憶に追いつく方が大変だ。てんてこまいという言葉はまさにこのことをいうのだろう。

「先生がいてくれて助かったわ」

瑞樹がほっとしたように言う。

正直、自信を失いそうになっていたのだが、そう言われてしまうと、明日から協力しないというわけにはいかなくなってしまう。

「とりあえず、今日はここまでにしようぜ。明日からまたどうしていくか話し合おう」

「そうですね。作戦を立て直さないと」

よろよろと莉央は立ち上がる。もう仕事のことを考える気力はなかった。

「遅くまでサンキュな」

朝陽のことを気にかけつつ、瑞樹が玄関先まで見送ってくれる。

「あと、合鍵、渡しておくわ」

瑞樹から合鍵を預かり、莉央は頷く。

「了解です。じゃあ、お疲れ様でした」

自分の部屋に戻って、倒れるようにベッドにもぐりこんでから記憶がない。

――翌日、けたたましいアラーム音が聴こえてきて、莉央はハッと目を覚ました。

しかし自分の目覚まし時計が作動したわけではなく、瑞樹からの着信だった。

「おはようございます」……の言葉など待っていられないといったふうに、

「先生、助けてくれ」

寝起きの擦れた声が聞こえてきた。

さっそく合鍵の出番らしい。莉央は急いで隣の部屋を訪ねた。

すると、瑞樹が床に突っ伏している状態の上で、朝陽が飛び跳ねていたのだ。

「どういう状況⁉」

「ぱっぱ、ぱっぱ」

朝陽が瑞樹の背中によじのぼって抱き着く。その姿は愛らしいが、健気な子どもの訴えはまったく届いていないらしい。

「……もう少し寝かせてくれ」

「黒沢さん、寝起き、悪そうでしたもんね」

莉央は苦笑する。

朝陽の面倒をみるのも大変だけど、もう一人大きな子どもができたことにならないだろうか。

莉央は朝陽を抱き上げる。しかし朝陽は名残惜しそうに両手を瑞樹の方へ伸ばす。

「あっくん、お着替えしよう」

「ぱっぱ、いっちょなの」

「ですって。起きたらどうですか」

「はぁ。わかった……シャワー浴びてくるわ」

しんどそうに起き上がり、その場でシャツを脱ぎはじめ、バスルームへと歩いていった。

（これは思っていた以上に、前途多難かもしれない）

そうして不慣れな子育てに振り回されながら、部屋を往復していたのだが――。だんだんと瑞樹の部屋で一緒に過ごすことが多くなり、そのうち三人暮らしが定着しつつあった。

そうこうしているうちに一週間が過ぎ、カレンダーは十月に変わっていた。その間、朝陽の母親は迎えにこなかった。

仕事と子育てに挟まれた新しい環境で、莉央は混乱の中にいた。結局、脚本の〆切は今月の末まで伸ばしてもらうことになった。

――そんなある日のこと。

「おーい、本の虫さん」

「むし、さん！　むし、さん！」

青年一人とちびっこ一人の声に、莉央は子育てマニュアル本から目を離した。

生真面目な莉央は、子育てマニュアルを読み込んで育児に挑もうとしていたのだが、仕事もままならない状況下での育児初体験ということで、じりじりと追い詰められていたのだった。

見れば、瑞樹の膝の上にちょこんと座っている朝陽はごきげんのようで、体を揺らしながらきゃっきゃと声を上げている。

瑞樹が朝陽に絵本を読んであげていたらしい。瑞樹の手元に絵本「はらぺこあおむし」が広げられている。りんごやみかんの中に穴が開いている絵だった。

なんだ、そっちの虫の話か、と再びマニュアルに目を落とそうとすると、瑞樹が呆れた声を漏らした。

「あんたのことだよ。そんなかじりつくように読んでどうするんだよ」

莉央はため息をついた。

「しょうがないでしょう。まずは情報収集ですよ。毎日世話をするだけで手一杯の現状では、ダメだと思うんです」

状況が状況なだけに、保育園に預けることはできない。お互いに仕事があるので、どちらかが朝陽を必ず面倒見なくてはならないのだ。万が一のことがあればパニックになるのは目に見えている。

だからこそ、育児書を買いあさってきたのだ。スマホの中にも育児アプリなどがたくさんインストールされていた。

(脚本もまだまだ先が長いというのに……)

眩暈がする想いでいると、瑞樹が朝陽を抱っこしたまま、こちらにやってきた。

「相変らずまじめだな。まぁ必死になっちゃって。教育ママに育てられでもした?」

呆れとも同情ともいえる問いに、莉央は言葉を詰まらせる。

「そういうわけじゃ……ないですよ」

莉央の母はとっくに他界している。しかし身の上話をしている暇などない。

「まぁま。め！　みぃて」

突然、朝陽が本のページをぺたぺたと手で触った。

その弾《はず》みで、重みのある児童書はたちまち閉じられてしまった。

「あーあ」

栞《しおり》を挟んでおくべきだった。

思わず朝陽を見ると、知らんぷりの顔をしている。その上、ちらちらと上目遣いを向けてくる。なんともオマセな表情だ。咎《とが》める気にもならなかった。

「本よりも俺を見ろってさ」

朝陽の愛らしい円らな瞳と柔和《にゅうわ》な笑顔になんともいえない母性のようなものを抱きつつ、手を伸ばしてきた朝陽の小さな体を受けとめる。

すると朝陽は莉央の胸元に顔を押し付け、ちゅぱちゅぱと、つばを飲むような仕草を見せた。

「あっくんったら。まだまだ赤ちゃんかな？」

「いいのぉ」

と、ごねて頬を膨らませている。

愛らしい仕草の連続に、莉央はキュンキュンしてしまう。

「魔性の天使だな。この甘えたがりめ」

瑞樹にからかわれながらも、朝陽は莉央の胸に頬ずりを続けていた。

「ままぁ、だっこ、いいのぉ」

歩きはじめてまもないだろう朝陽は時々こうしておっぱいを欲しがるそぶりを見せる。ちらちら見える乳歯《にゅうし》が愛らしい。

小児科で診てもらった情報をもとに育児書の情報と照らし合わせていた。

「子育てといっても、母親が戻ってくるのを待つ間に、万が一のことがあったらって考えると、何もしないわけには……さしあたって、小児科は受診したけど。このままでいいのかな。食事の量とか、体重の増え方とか……」

まじめな顔で呻っている莉央に、瑞樹はまた呆れた顔をした。

「そこまでにしろよ。俺がむりに頼んだことなんだし、そろそろあんたもキャパオーバーだろ。だから、あんたはとりあえず自分の仕事に戻れば？」

今日はオフだから、と瑞樹が言う。

時計は午前九時を回るところだ。寝起きの悪い瑞樹を起こし、三人で食事を終えたあと、莉央は原稿を進める予定にしていた。

しかし。相も変わらずスランプは続いている。あとは要所のシーンを膨らませていくだけなのだが、肝心《かんじん》の筆が乗らないのだ。

莉央の気が乗らない様子を察知したのか、瑞樹はすくっと立ち上がった。

「なあ、天気もいいし公園にでも行こうか。せっかくベビーカーも入手したことだし」

瑞樹がウィンクする。それがまた様になっているから困る。

ベビーカーは瑞樹が数日前に持って帰ってきた。彼の友人の伝手で譲ってもらったらしい。

「うーん。朝陽を連れまわして大丈夫かな」

預かることを決めたとはいえ、本当の家族ではない。

何かあったら……と考えると、むやみに連れ出すのはどうかと躊躇う。

「こいつだって閉じこもってるより、色々刺激を受けた方がいいだろ。先生が見てた本にも色々いいこと書いてあったと思うけどな」

たしかにそのとおりだ。季節を感じることも大事だし、運動機能の発達にもなる。子どもの成長に必要なことだろう。役者である彼がいうと、なおさら説得力があるというものだ。

「それに、ピクニックのつもりで玄関前に待たされてたんじゃないかってこと、思い出したんだよ」

朝陽と初めて出会った日のことを、莉央も思い浮かべた。

そういわれると辛い。お弁当を詰めたリュックを背負って泣いていた朝陽のことを思い出すと、今でも胸が痛くなる。

「あなたの方の事情はいいんですか？　マネージャーの狭山さんも心配してたけれど、もし顔バレしたらまずくないですか。何を書かれるかもわからないし」

ベビー用品店でのことを思い返し、莉央は瑞樹の心配をするのだが。彼はあっけらかんとしていた。

「不健全な場所ならともかく、公園なら大丈夫だって。もし変装バレたとしても、女連れっていうわけじゃねーし、親戚の子の面倒見てたとか、いくらでも言い訳できるだろ。改めて、こいつを見つけてくれたのが先生でよかったな」

そこは喜んでいいのかどうなのか。莉央は少しだけ複雑な気持ちになる。たしかに同性であることは隠れ蓑になるかもしれない。もしも瑞樹が完全に非協力的なままだったら、今ごろどうしていたものかもわからない。

せっかくの瑞樹からの提案に莉央は乗ることにした。

「それじゃあ、軽食をささっと詰めて、出かける準備しようか」

「ああ。そうしようぜ」

ベビーカーはさっそく朝陽のお気に入りとなった。乗せた瞬間に瑞樹がすいっと軽く動かしたのだが、その爽快感がお気に召したようだ。

徒歩十分くらいで、比較的大きめの公園が見えてくる。

平日の午前中、子どもを連れている母親の姿がちらほら見られるが、一般的な休日の混雑した様子はない。

陽当りのいい芝生にレジャーシートを広げる。噴水が光に反射して虹を作っていた。

「ピクニックとか、何年ぶりだろうな。ここ数年は花見なんかもしてないし。すげー新鮮だわ」

瑞樹が楽しそうにいった。

ベビーカーから朝陽をおろすと、さっそく朝陽はとてとてと覚束《おぼつか》ない足で歩きはじめ、慣れてくると楽しくなったのか走りまわりはじめた。

転びそうになりながら声をあげて駆けまわる朝陽を見ると、自然と頬が緩む。

「連れてきてよかったな」

「そうですね。すごく嬉しそう」

涼しくなってきた秋でも、今日は雲一つない青空の中、気温も比較的穏やかだ。ピクニックには最高の環境が揃っていた。

「ここの公園は桜も満開になると綺麗だし、春には花見もしたいよな」

それまでに母親が迎えにくることを願うのが最優先だけれど。その間に、どれだけのことをしてあげられるだろう。莉央はそんなことを思う。

ひとしきり朝陽を遊ばせたあと、早めのお昼にありついた。

ハムチーズ、たまご、シーチキンレタス、朝陽が手に持って食べやすい大きさにした色とりどりの小さなサンドイッチに、大人用のからあげ、ミートボール、アスパラのベーコン巻きといったおかず類が色とりどりに並ぶ。

「いただきまーす」

瑞樹が手をぱんっと合わせる。

「ましゅ」

朝陽も瑞樹を真似して一緒に手を合わせた。

本当に親子みたいになってきたな、と微笑ましく眺めながら、莉央も遅れて手を合わせ、それからサンドイッチをほおばった。

朝陽はフォークとスプーンに興味を示し、小さめのミートボールに手を伸ばしている。野菜や果物をすりつぶしたペースト状の離乳食からだんだんと固形物へ。大きめのものはフォークやスプーンで小さくし食べさせている。

離乳食から普通食への移行の時期は個人差があるようで心配だったが、ゆっくりともぐもぐ食べている姿にホッとする。

麦茶をコップに注ぎながら、子どもの成長はたった数日でも、大人の数倍成長していくものなのだなと感動を覚えた。

莉央が朝陽を観察している一方、瑞樹は空を仰いだ。サングラス越しに見た空を眩しそうに片目を眇める。

「外で食べるとなんでうまいって感じるんだろうな」

「開放感、でしょうか」

莉央が答えると、瑞樹はこちらを振り返った。

「だとしたら、今の先生に一番大事なことじゃないか？」

「え？」

「スランプっていうの。本書きの先生の気持ちはわからねぇけど、俺も役者として煮詰《につ》まることはあるから、少しくらいは共感できる。思いつめるうちに視野が狭まっちまうんだよな。無意識に。だから、こういう時間は大事にした方がいい」

瑞樹の言葉に感銘を受け、莉央は何も言えなかった。

果たしてどちらが年上なのか、先生なのか。

心の中で自嘲《じちょう》しつつも、彼の思いやりに素直に感謝する。

瑞樹は朝陽を連れ出したいというだけではなく、莉央のことも考えてくれたのだ。

「……ありがとう」

「あー……礼とかいいから。ぜんぶ、あんたが作ってくれたし。お互い様だろ」

うまい、と瑞樹は口にする。

「それでも、感謝の気持ちは言葉にした方がいいものですよ」

「出た。優等生の先生っぽい発言」

瑞樹はそうからかってから、

「なあ、先生。今度、台本の読み合わせ、付き合ってくれないか」

「えっと、前にも言ったように、別に僕はファンサのようなものを求めてるわけでは……」

内心どぎまぎしながら莉央は言い訳がましく声を小さくする。

「アウトプットだけじゃあ疲れちまうだろ。何かの刺激になるかもしれない」

「それは、たしかに……」

「俺にとってもメリットはあるんだ。余裕のあるときでいいから相手してくれ」

「わかりました」

なんだろう。この絵に描いたような幸せ。これが現実だなんてちょっと信じられない。

やっぱり夢なんじゃないだろうか。けっして叶うことのなかった光景が、今、ここに在るみたいな。

朝陽の事情を考えたら、そんなこと考えてはいけないのかもしれない。

けれど、少しでも長くこの時間が続けばいいと願いはじめている自分がいた。

＊＊＊

瑞樹と朝陽の声がバスルームの方から響いてくる。

ご飯を食べてテレビを一緒に見たあと、瑞樹は朝陽をお風呂に入れてくれていた。

最初の頃は勝手がわからず何をするにも戦場状態だったが、今やだいぶ慣れてきたものだ。楽しそうな二人の様子に、莉央の頬は無意識に緩む。

しかしいずれ本当の母親が朝陽を迎えにきたとして、父親がいないままだとしたら、朝陽は莉央と同じような境遇になってしまうかもしれない。在ったものがなくなることを人は受け入れがたいものだ。そう考えると、気の毒に思った。

否、このまま母親が迎えに来ないということもありえる。

そうしたらこの子はどうなるのだろう。想像するだけで、胸がちりちりと痛くなる。

せめて、今は、やさしい思い出ができるといい。そう願う。

バスルームのドアが開く音がして、莉央は我に返った。

バスタオルを巻いた朝陽がとたとたと駆けてきて、莉央に抱きついてくる。途中でタオルが外れてしまい、素っ裸のままだ。相変わらず、朝陽はやんちゃだった。

「ままぁ。ばあ！」

「わぁ」

上気したほっぺたが林檎《りんご》みたいにつやつやしていて可愛い。ぽっこりとした幼児体形はなんでこんなにも愛嬌《あいきょう》があるものなのだろう。

「あっくん、ちゃんとからだ拭いた？」

「えへへぇ」

「すばしっこいやつめ。ほら、着替えるぞ」

追いかけてきた瑞樹が上半身裸だったので、とっさに莉央は視線を外した。

さすがに幼児の身体と同じように見ることはできない。朝陽は全裸で駆け回っている。それを追いかける半裸の推し。カオスだ。今までだって何度となく遭遇したけれど、これだけは慣れることはない。

（目の毒……あああ、別のこと考えよ）

煩悩を必死にかき消すので精一杯になる。

ほどよく引き締まった筋肉質な彼の姿はセクシーだ。色気の塊といっていい。

グラビアで見たことがあるのを思い出すと、なんとなく後ろめたさがあって気まずい。

「じゃ、じゃあ、お着替え頼みますね。僕は一旦自分の部屋に戻ってシャワー浴びたら、仕事の道具をもってきます」

莉央はそそくさと立ち上がった。

「なあ、もう遠慮はしなくて良くないか？　今度は三人でさ、先生も一緒に入ろうぜ」

朝陽の体をバスタオルでふき取りながら、瑞樹がいう。

水も滴《したた》るいい男を直視することはできず、視線を外したまま莉央は口を開いた。

「それはちょっと。さすがに狭くて無理じゃないですか。それに、落ち着かないですし……」

（いやいやむりむり。そんなのぜったいに無理すぎる）

心の中で莉央は叫んだ。

「先生は反応が素直でかわいいな。そういうとこ好きだぜ」

瑞樹はくっと喉のあたりで笑いをかみ殺す。

「それはどうも」

（簡単に好きとか言わないでくれないかな……）

からかっているのがわかるから、あえてそっけなく答えたのだが、赤くなっている頬を見られたのだろう。瑞樹はくすりと笑った。

一緒に過ごす時間が増える中、少しくらいはよい印象を持ってくれているのだろうか。

頭の中がただの推しだった瑞樹と、目の前の自然体の瑞樹でいっぱいに占められていき、混乱しそうになるのをなんとか打ち払う。

お着替えしている様子を尻目に、莉央は逃げるように瑞樹の部屋を出た。

（心臓がいくつあっても足りない。いつか慣れるのか……これ）

莉央は早鐘を打つ胸のあたりをおさえ、ため息をつくのだった。

それから一時間後——。

身支度を済ませて戻ると、部屋はとんでもない惨状になっていた。

「な、何これ……どうしたら、こんなに一瞬でこうなるの」

ティッシュがいたるところに舞い散り、積み木やおもちゃが広がっている。

これは片づけをしなくては足の踏み場がない。

とりあえず隅の方に寄せてあとから片付けることにして、莉央は暗くなっていた寝室の方を覗き込んだ。

小さな布団にこてんと横になり、瑞樹に甘えるように寝ている朝陽の姿が目に飛び込んできた。まさに天使だ。

瑞樹はというと、今にも寝落ちしそうになっていた。長い睫毛がふわふわと動いている。

そんな横顔が愛《いと》おしい。

（何、この尊いシーン……）

この場面を切り取りたくて、一瞬、カメラを起動したくなった。

けれど、芸能人のプライベートの写真を勝手に撮ることはできないし、朝陽だって身内ではないのだ。疑《ぎ》似《じ》家族という言葉が脳裏をかすめ、一抹の寂しさを抱く。

せめて微笑ましい光景を間近で見守ろうと、そっと近づいた——つもりだったのだが、足元にあった障害物に躓き、莉央はそのまま二人めがけてダイブしそうになる。

うわっと声を出しそうになるのを我慢し、必死にバランスを保ったおかげでなんとか朝陽をつぶさないで済んだものの、瑞樹を押し倒すように倒れ込んでしまった。

「おわっ！」

瑞樹が驚いた声をあげ、莉央をとっさに正面から受け止めた。

「ったく……先生。いきなり夜這《よば》いかよ」

「ちが。ご、ごめん。今、よけるから……！」

思った以上に顔が近くにあり、莉央は慌ててとびのこうとしたが、瑞樹の腕が腰に回ってきてそれを許さなかった。

「えっ……ちょっと」

「し……今やっと寝たとこだ。静かにしろよ」

瑞樹が横にいる朝陽を見る。

「や、あ、でも……」

このままの体勢はきつい！　必死にもがくけれど、回ってきた瑞樹の腕に力が加わる。

「俺は構わねーよ」

瑞樹はそう言うが、莉央にとっては全然大丈夫じゃなかった。

瑞樹の上に乗っかって押し倒しているような状況だ。どうしたって意識せずにはいられなくなる。

それに、半身で密着している部分が反応を示してしまいそうになる。それを瑞樹に悟られたくない。莉央は全身に緊張を強《し》いた。

すると、そのままゆっくりと莉央の身体は転がされ、すやすやと眠る朝陽の愛らしい顔と対面する。後ろから瑞樹の声がした。

「朝陽と一緒に少し眠れば」

うなじをくすぐる吐息や、背中に伝う瑞樹の声の振動がくすぐったい。

後ろから抱きしめられているような状況でドキドキは加速するものの、せめて顔を見られないでよかった。

「だ、大丈夫ですよ。僕には構わずに。黒沢さん、あなたの方こそ、疲れてるでしょう」

「目の下にでっかいクマ作ってる人間が何言ってんだよ」

案外、瑞樹は人のことを観察している。

「できやすいんですよ。もともと。肌の色素が薄いから……」

言い訳しかできない自分が情けない。

「それより、いつまで他人行儀なわけ。瑞樹でいいよ。俺も先生のこと莉央って呼ぶわ。あーそれとも、家族なんだし、パパとかお父さんとか？」

お父さんという言葉に、莉央はぴくりと反応してしまう。

かき消したい過去が蘇ってきそうになり、莉央はぎゅっと目を閉じ、それからゆっくり息を吐いた。

「家の中ではいいですけど、外だと……まずいのでは」

「じゃあ、名前で。莉央」

突然、呼び捨てにされると、急に距離が縮まった気がしてこそばゆい。

「ほら、呼んでみろよ」

上から目線のその態度も、ほのかに甘く感じるくらいに。

「……瑞樹」

一体どうして二人はこんなむずむずするやりとりをすることになったのだろうか。

ひょっとしたら、耳まで真っ赤になっているかもしれない。

「そういうわけで、このまま川の字になって寝ようぜ」

「え、でも」

何がそういうわけなのか。

このまま抱きしめられたまま寝られる気がしない。

「莉央が朝陽に添い寝してくれてる分、俺があんたに添い寝してやるよ」

「なんですか、それ」

突拍子もないアイデアに照れながらも笑うと、瑞樹も楽しそうにふっと笑みをこぼした。過剰に意識していた緊張がゆっくりと解けていく。

「こういう家族だったらよかったな」

瑞樹が小さく呟く。

「え？」

振り向くことができないから、瑞樹の顔色を窺うことはできない。

「……って、ちょっと思っただけだ」

瑞樹はそう言い直した。

たしかに、こんな家族だったら、どんなによかったことだろう。

瑞樹は家を勘当されたと言っていた。彼には今、ここに在る疑似家族しかいない。

そして莉央にも、もう母と呼べる人は、この世にはいない。父と呼べる人も、どこにいるかは知らないのだ。

「僕も……そう思います」

それから、少しずつ睡魔の到来とともに会話が減っていく。

台本のセリフを何度かやりとりしながら、うとうととしはじめていた。

添い寝している方がだんだん眠くなってくるものらしい。

瑞樹と朝陽の交互に聞こえてくる寝息に安心し、いつの間にか莉央も睡魔に身を任せていた。

あと何日、この生活が続くのだろう。

そんなことを思いながら、意識を手放していた。

＊　＊　＊

朝陽が置き去りにされてから、かれこれ一ヶ月が経過しようとしていた。

だいぶ冷え込むようになり、街路樹も黄金色の葉を揺らしている。街中では至るところでハロウィンの飾り付けがみられるようになった。

相変らず朝陽の母親は迎えにこない。

このまま十一月に入れば、やがて街並みはクリスマスに模様替えされ、気付いたときには、あっという間に年末を迎えてしまいそうだ。

莉央も瑞樹も、そろそろ今後のことを案じはじめていた。

それでも、朝陽のことを思えば、僅《わず》かでも希望をもっていたかった。

一日でも早く、母親が戻ってきてくれることを――。

今日は、〆切を引き伸ばした件《くだん》の脚本を提出したあとの返事をもらいに、莉央が出版社やテレビ局に出向くことになっていたため、朝陽のことは瑞樹が見てくれることになっている。

瑞樹も撮影の仕事があるが、その間はマネージャーの狭山がサポートすると言ってくれていたらしい。

（仕事と子育ての両立って大変なんだな……）

無論、莉央は瑞樹の事情に運悪く巻き込まれただけだ。しかし今ではすっかり朝陽に愛着が湧いてしまっていて、少しの間離れるだけでも朝陽がどうしているのかが気にかかる。まさに母親の気分になっていたといってもいい。

それに、瑞樹と一緒にいる時間が長くなれば長くなるほど、ただ推しだとかファンだとかいう目線以上に、彼を好ましく思っている自分がいる。側にいられたら幸せだと思う。

そんな不埒《ふらち》な想いを抱く自分を、莉央は度々思い出したように戒《いまし》める。

（だめだ。だめ……）

これ以上、のめりこむように彼を好きになったらいけない……朝陽に愛着を抱きすぎてはいけない。『嘘』で固めた疑似家族が、本物の家族になれるわけがないのだから。

そう念じる一方、このまま本物の家族になってしまったらいいのではないかと、夢を持ちそうになることがある。

莉央の心は常に両極に揺れていた。

（とりあえず……仕事がんばらないとな）

莉央はひとまず子育てのことは頭の隅に置き、打ち合わせ先へと急いだ。

＊　＊　＊

瑞樹は撮影所の控室に到着したあと、今朝の莉央の様子を思い浮かべていた。

やっと完成した原稿を大事に抱いていた莉央の表情は、凍ったように緊張していた。朝陽のことを気にしてくれつつも、そちらばかり気になるようだった。

必死に頑張ってきた彼の努力を、瑞樹はそばで見てきた。

うまくいくといいと願いながら、瑞樹は用意された衣装に着替えを済ませる。

これから写真集用の撮影をすることになっているのだ。

朝陽のことは親戚の子どもを一時的に預かっているというふうに話を通してある。

「ほんとうに子どもは可愛いわよねぇ」

瑞樹と一緒に控室の中にいた狭山は蕩けるような笑顔で、朝陽をあやしていた。

その表情はまるで本物の祖母のようだった。

瑞樹まで無意識に微笑んでしまう。

「あなたにもこういう時期があったのよ」

まるで見てきたかのように狭山がいうので、瑞樹は苦笑した。

「そりゃあな、誰でも幼少時代はあるわけだし。朝陽のようにいい子ではなかったかもしれないけどな」

「まあ、それはそうね。けれど、期待している以上に大活躍してくれてるもの。ご両親だって誇らしいと思うわよ」

狭山の視線は朝陽から瑞樹へと移された。

しかし瑞樹は何も答えないで愛想笑いでごまかす。

「まだ、会いに行かないつもり?」

ここぞとばかりに狭山が瑞樹に問う。

家族の話はタブーだと、狭山が一番よくわかっているはずだが、それを理解した上で、彼女は瑞樹の心配をしているのだ。

「勘当された側が、勝手に敷居を跨ぐわけにいかないだろ」

瑞樹はそっけなく言い放った。

「でも、お母さまからは頻繁に電話がきてるみたいじゃない？」

狭山は目敏《めざと》い。瑞樹のことをよく見ている。無論、そうでなければ、マネージャーなど務まらないだろう。

「今はいいんだって。朝陽と和泉先生と、三人の暮らしが気にいってるし、それに責任もある。半端《はんぱ》なことはしたくねーしな」

頑として、瑞樹は受け入れなかった。

「瑞樹……」

「ごめん。マネージャーには迷惑かけるけど」

「私のことはいいのよ。一応、あなたの母代わりだし、朝陽くんのおばあちゃん代わりのつもりでいるから。ねえ、あっくん」

「ぱっぱ、しゅき」

朝陽が天使の笑顔を向けるたびに、また狭山は蕩けていた。

「あらあら。上手ねえ。パパが大好きなのね」
「パパか……」
瑞樹は朝陽を気の毒に思った。
朝陽は、無邪気でいい子だ。
けれど、きっと守ってくれる大人を判別している。
自分が守られる人間だということを本能でアピールしているのだ。
二度と、捨てられてしまわないように。
そんなことを考えると、胸が苦しくなってくる。
(家を飛び出してきた自分とは、正反対なんだよな)
自分がいかに恵まれていたか、朝陽を見ていると思い知らされる。
疑似家族だとしても、なおさら父親としてしっかりしなくてはならないと思う。
(親父もこんな気持ちでいたのかね)
ふと、莉央の笑顔が思い浮かんだ。
むしょうに会いたくてたまらなくなる。
その感情が何なのか、わからないほど鈍感ではないつもりだ。
「まま……」

朝陽が思い出したように呟いた。

一体どちらの母親を思い出していることだろう。

「すぐに会えるよ」

瑞樹は朝陽の頭をそっと撫でた。

無垢な瞳が、まるで幼少の頃の自分と重なり、過去から未来へと、何かを告げているような気がした。

＊　＊　＊

（はぁ……）

頭の中が真っ白だ。何も浮かんでこない。ため息すら、声にもならない。

喉の奥がひゅうひゅうする。心臓は今にも凍り付いてしまいそうだ。

莉央は羽織っていたトレンチコートの上から、自分の両腕をさすった。

寒いわけじゃない。

そうでもしなければ、ほんとうに凍えそうな精神状態だったからだ。

なんとか書きあげた脚本への回答は、かなり厳しいものだった。

『うーん。及第点といいたいところだけれど、正直何か突き抜けるものが足りないね。もう少し……このシーンなんか考え直してみてくれるかな』

これ以上のものは出せそうにない、と口にしてしまえば楽だったかもしれない。しかしプロにそれは許されない。任された以上放棄するわけにはいかない。

それに、崖っぷちの状態で、仕事を失うわけにはいかないのだ。

『わかりました。なんとか、あともう少しだけ時間をください』

トンネルの向こうの微かに見える光に縋っていた、その目の前がすっと暗くなった。

振り出しに戻ってしまった。

莉央は戻された原稿を仕舞い、それからスケジュールについて相談したあと、テレビ局をあとにする。

無言のままロビーにたどり着いた莉央を気遣って、担当編集者が口を開いた。

「私は先生の脚本とてもいい線いっていると思ったんですけれどね。あの方は、なかなかイエスとは言わないプロデューサーということで有名ですし、先生に期待をしているんですよ。だから、あまり気を落とされないでください」

担当編集者が申し訳なさそうに言うその言葉が、ますます莉央の胸に深く突き刺さる。

ホームドラマのオリジナル脚本は、テレビ局と出版社の共同企画のため、担当編集者も同席していた。莉央の脚本を推してくれた担当編集の評価にも繋がる大事な局面だったのだ。申し訳ないのは莉央の方だった。

「すみませんでした。さっきは一緒に頭を下げてくださって、ありがとうございました」

「いいえ。またご執筆される中で悩まれることありましたら、いつでもご連絡ください」

そうは言ってくれるものの、次がだめなら脚本はおろされるかもしれない。社交辞令をまともに受け止めるほど馬鹿ではないつもりだ。相応の覚悟をしなくてはならない。

「それじゃ、失礼します」

「お疲れ様でした」

オフィスビルの玄関で別れたあと、莉央は瑞樹の撮影現場へと向かう。

一駅くらいなので歩くことにした。迎えにいくまでの間、少し気分転換をしたかった。

瑞樹と朝陽の笑顔がぼんやりと浮かんだ。

彼らの顔が見たい。そうしたら少しは元気をもらえるかもしれない。

そう思えば思うほど、無気力だった足どりが少しずつ速まっていく。

気付けば馬鹿みたいに息を切らして駆けていた。

（ここの撮影所で合ってるはずだけど――）

スマホにメモを残していた撮影所の名前とビル名を確認する。

ビルの中に入ると、奥の方から複数の笑い声が聞こえてきた。

（なんだろう。賑やかだ……）

まるでパーティーでも開催しているかのよう。

そうっと顔を出してみると、そこには思いがけない光景が広がっていた。

朝陽が着せ替え人形のように子役モデルとなり、撮影されていたのだ。

（な、なんで……）

莉央の中になんともいえない感情がわきあがる。焦《あせ》りのようなものも感じる。

「あ、先生。お仕事終わられたんですね」

狭山がこちらにやってきて笑顔で挨拶をしてくれる。莉央は狭山に頭を下げた。

「お疲れ様です」

その声に気づいたらしい瑞樹も遅れて朝陽を抱っこしてこちらにやってきた。

「先生、お疲れ」

「あの、なんで朝陽が撮影されているんでしょうか？」

状況を知りたくて、莉央は瑞樹に訊ねた。

「ああ、最初はマネージャーが面倒を見てくれてたんだけど、今日はあんまり機嫌がよくなくてぐずってたんだ。俺がおんぶしたら落ち着いたんで、その流れで……」

瑞樹が説明する。

「その流れって」

莉央は瑞樹の現場で朝陽が勝手に撮影されていたことを知り、胃の中がむかむかしてきた。

疎外感、独占欲、或いはこれも母性なのか。

一言ではあらわしきれない負の感情が、ざらりと胸の内側を撫でた。

「撮影中、朝陽すっかりご機嫌でさ」

瑞樹が得意げに語る声を遮り、莉央は気付けば声を荒らげていた。

「朝陽は、あなたたちの玩具じゃないんですよ。それに、プライバシーの侵害じゃないですか」

現場がしんとなる。

カメラマンや、隅の方で片づけをしていたスタッフたちから視線が集まるのを感じて、莉央はハッと我に返った。

「すみません、大きな声出したりして」

狭山が慌ててこちらにやってくる。

「ごめんなさい。私が止めなかったから。もちろん、公《おおやけ》に出すことはないわ。そこは安心してください」

気まずい空気が漂う中、瑞樹が突然、莉央の頬を両手で摘まんだ。

「バーカ」

瑞樹がそう言い、呆れたような顔をする。

「ふぇ？　ばくぁ？　……って、何するんですか。やめてくださいよ」

莉央は慌てて瑞樹の腕を振り払う。こんな人が見ているところで何をするつもりなのか。

「先生の方こそ、朝陽の顔を見てみろよ」

ほら、と瑞樹は朝陽を莉央に近づけた。

「まぁま、あかおに」

朝陽が頬を膨らませて、ぶすっとした顔をする。

手に持っていた絵本をぎゅっと抱きしめ、頭を横に振った。

「朝陽？」

莉央は戸惑いながら、朝陽を見つめた。

ぷいっと朝陽はそっぽをむく。

「怒ってるママは嫌だってことじゃないか」

瑞樹がいった。

「あっくん、パパ、しゅき」

そう言い、朝陽は瑞樹の後ろに隠れようとする。

「ああ。俺も好きだぜ」

瑞樹は朝陽の頭をくしゃりと撫でた。

いつもなら莉央贔屓《ひいき》の朝陽が、断固として拒絶している。

これには莉央はかなりのショックを受け、言葉を失った。

呆然とする莉央の肩を、瑞樹がやさしく抱き寄せる。

「何があったか知らないけど、あんたらしくないぜ」

「……」

莉央は言葉にならなかった。

「朝陽、楽しんでたんだぜ。賑やかなところが好きなのかもな。スタッフも色々考えてくれたんだ。子どもが好きそうな色彩を意識したり、撮影用の小物の配置を工夫したりしてさ」

瑞樹がうしろを指さす。

撮影現場にはまるで小さな保育園が出来上がっているようだった。

「そう、だったんだ」

朝陽は巻き込まれたのではない。

巻き込まれたのは周りにいた大人たちだ。

本当なら責任を負わなければならない立場にいるのは自分達なのに。

莉央は激しい自己嫌悪に陥っていった。

朝陽のことを想っているつもりが、それはただの自己満足で、本当に欲していることがわかっていなかった。

莉央は狭山をはじめ現場のスタッフに向けて頭を下げた。

「すみませんでした。そうとは知らずに……ご迷惑おかけした上に、あんなこと言ったりして。申し訳ありませんでした」

「和泉先生、いいんですよ。おっしゃるとおりですもの。ご心配されるのは当然です。それから、感謝しています。現場も朝陽くんのおかげで明るくなりましたし、きちんとすべきことはできましたから」

狭山がフォローしてくれるのが、ますます申し訳ない。

本当に今日は色々な人にこうして頭を下げている。自分の不甲斐《ふがい》なさにどうにかなってしまいそうだ。

頭を下げたままの莉央に、

「莉央……なんかあったのか？」

瑞樹が気遣わし気にそっと声をかけてくる。

なんて答えたらいいか、莉央はわからなかった。

「ごめん。完全に八つ当たりだ」

ゆっくりと顔を上げ、ただそれだけ言った。瑞樹の顔がまっすぐに見られなかった。

場の空気がぎこちない中、朝陽が声を上げ、足をぶらぶらとさせる。

「ぱぁぱ、まぁま。ぱぁぱ。まぁま」

「ほら、朝陽も気にしてる。もう上がりだから、一緒に帰ろうぜ」

「だーっこ」

朝陽が瑞樹にしがみつく。

「あっくん、抱っこはママにしてもらえよ」

「まぁま　だっこ」

遠慮がちに見上げる朝陽にきゅっと胸が締め付けられる。

「もちろん、いいよ。おいで」

莉央が両手を伸ばすと、朝陽はじいっと円《つぶ》らな瞳で莉央を見つめたあと、嬉しそうにきゃあっと声をあげて抱き着いてきた。

子どもはちゃんと大人の空気を読み、大人が考えている以上に見ているのだ。

今日は莉央が朝陽から学ぶ日だった。

「よ、よかった。朝陽に嫌われたら生きていけない」

思わず莉央は朝陽のやわらかい肌に頬ずりをする。

「そんなにかよ。愛されてんなぁ。あっくん」

瑞樹が朝陽のほっぺたをつんつんする。

「えへへぇ」

朝陽がまんざらでもないような顔をする。その様子が微笑ましい。

「えへへー」

と、瑞樹が真似をして顔をデレデレにしたので、莉央はぷっと噴き出した。

「瑞樹、あなたはやめておきなさい。イメージ崩れるわよ」

狭山が即座に釘を刺さなかったら、俳優の黒沢瑞樹ではなく、ただの親ばかにしか見えなかったかもしれない。

現場にはどっと笑い声が広がっていた。

＊　＊　＊

「さっきは、本当にごめん」

マンションに到着し、朝陽と一緒に手を洗い終わったあと、莉央は瑞樹に謝った。

「いいよ。何があったのか言ってみ」

瑞樹は蛇口を捻りながら、莉央を促した。

水が流れる音の合間に、莉央はそっと唇を開く。

「――原稿、ダメだったんだ」

「そっか」

「せっかく、台本読みとか、色々励ましてもらったのに」

「それはいいよ。朝陽のためでもあったし、あんたは俺に付き合ってくれただけだろ」

蛇口を止めた音がして、ふたりの間に沈黙が流れる。

瑞樹は何も言わず、莉央の言葉を待っていた。

莉央はソファに腰を下ろし、朝陽を膝の上に乗せ、幼児用マグのストローを引っ張る。

朝陽が口にストローを運ぶのを眺めながら、莉央は話を続けた。

「もう何度目になるか……、スランプの状態が長い上に突き返されると、どんどん自分を否定されているような気分になって、出口が見えなくなっていく……そのうち、閉ざされるんじゃないかっていう焦りもあった。そういう状況で執筆を続けてもうまくいくはずもない。そういうときの文章は、精神状態さえ、見透かされている気がする」

莉央の脳裏には打ち合わせのときのやりとりが浮かんでいた。

あの時の自分は相当ひどい顔をしていたかもしれない。

「なるほどね」

瑞樹がため息をつき、莉央の隣にどっかりと腰を下ろした。

「そういうとき、もがけばもがくほど悪い方にいくやつな」

「そう。もう一度チャンスはもらったけど、次は本当に最後かもしれない」

莉央の口からもう何度目かわからないため息がこぼれる。

「そういう追い詰められてるときに、のんきなことしてれば、まぁ腹も立つよな」

瑞樹は苦笑する。

「違う。あれは、本当にごめん。瑞樹だって舞台の稽古《けいこ》とか集中しないといけない時期なのに」

「今日はそういうんじゃないから。大丈夫だよ」

「マネージャーの狭山さんにも改めて謝らないと」

「先生」

瑞樹が視線を誘導する。その方向を見れば、マグを手に持っていた朝陽が心配そうにこちらを見上げていた。

「だいじ、だいじ」

そう言い、マグを莉央に渡そうとしてくれている。

莉央はマグを受け取り、朝陽の髪をそっと撫でた。

「ありがとう。あっくん。もう大丈夫だよ」

「まぁま。しゅきー」

抱きついてくる朝陽が愛おしくて、胸の内側がぎゅっと締め付けられる。

「うん。僕もあっくんが好きだよ」

ぎゅうっと抱きしめると、朝陽は頬ずりをし、嬉しそうに目を細めた。

ほんとうに可愛い。こうしていると心がゆっくりと解けていく。

世の親が皆そうではないかもしれないが、仕事や育児に疲れても、こうして子どもの存在に癒されて救われる親もいることだろう。今の莉央のように。

「さて、先生。今日は三人一緒にお風呂入ろうか」

瑞樹がそう言い、膝を叩いた。

「また突拍子もない」

「前に誘っただろ。あれ冗談じゃねぇから。裸の付き合いって大事なんだよ」

瑞樹は朝陽をさらうように抱き上げると、莉央の手を引っ張って催促した。

「ほら、バスタイムだ」

「ええっ……」

ちょっと待って。推しの裸とか。こっちの裸とか。

無理。ちょっと心の準備が――。

しかし抵抗する暇はなかった。

湯船に浮かぶ黄色いアヒルが三匹。それからかぼちゃのランタンがゆらゆらと流れてくる。だいぶ可愛い世界観だ。

愛らしい朝陽のはしゃいだ声により、ふってわいた莉央の煩悩は綺麗に流されていく。

さすがに羞恥心だけは払いきれていないけれど、さっきまであれこれ悩んでいたことさえ大したことじゃないような気になってくるから不思議だ。

子どもに癒されて、推しに癒されて、こんな幸福ほかにないのではないだろうか。贅沢にもほどがある。

そんなふうに自分を叱咤しつつ、はしゃいでいる朝陽と瑞樹の様子に目を細めた。

「なんか、こういう家族……いいな」

口を突いて出た言葉に、瑞樹が反応を示す。前に、添い寝をしていた夜、彼も同じことを呟いていた。

「だよな」

屈託のない笑顔からは、今の瑞樹とは違う、少年の面影を感じさせられた。

瑞樹と朝陽のふたりと一緒にいると、冷えていた心臓のあたりがあたたかく感じられる。自分は生きているのだといやでも実感する。彼らの空気に触れると、凍り付いていた感情がゆっくりとほぐれて溶けていく。

莉央の目には無意識に涙が浮かんでいた。それを悟られまいと、莉央はお湯で顔を洗うふりをしてごまかした。

＊＊＊

すぅすぅと可愛らしい寝息が聞こえてくる。

お風呂のあとご飯を済ませ、はみがきをしているときからうとうとと頭を揺らしていたが、布団に乗せた途端、すっかり夢の中に誘われていったようだ。

「秒で寝たな」

瑞樹は笑った。

「ですね」

莉央は朝陽を見守りながら頬を緩ませた。

「はしゃいでたからなぁ。可愛いやつ」

その声につられ、莉央は瑞樹の方を見た。彼は穏やかな微笑みを浮べていた。

前の彼ならこんな表情を見せることはなかっただろう。すっかり父親のような顔をしているように思う。彼の中でも心境の変化があるのだろうか。

「何だよ、先生。俺に熱視線送ったりして」

からかうように瑞樹がいう。

「朝陽のことですよ。やっぱり一緒に暮らしていたら、愛着わきますよね」

「そりゃな。懐いてくれたら、悪い気はしねーよ」

「本当にあなたの子じゃないんですかね」

どこかしら似ているようにも見えてくるのは、一緒に過ごしているからなのだろうか。

もしも瑞樹の子だったら、このまま三人で暮らしていけるのではないかという希望を抱きたくなる。この感情はなんだろう。父性や母性のようなものなのだろうか。

「はぁ？　今さら、俺のこと疑ってんのか？」

推しの見たことない拗《す》ねた表情に少しどきりとし、莉央は首を振った。

「そ、そうじゃないですけど」

「前に、勘当されて俳優になったって言っただろ。遊んでる時間なんかねーよ」

たしかに、もっともな意見だ。

「聞きそびれていたけど、瑞樹の実家って？」

「あんまり言いたくないんだけど、黒沢家の当主っていったら、知る人ぞ知る、黒沢ホールディングスグループのCEO《シーイーオー》だよ」

「えっ。いやいや、世の中の誰でも知ってる大企業じゃないですか。ＣＥＯ……黒沢家のご当主」

莉央は呆然とする。

「御曹司《おんぞうし》……だったんですね」

なんだか急に瑞樹が遠い人のように感じられ、莉央がそわそわしていると、瑞樹はため息をついた。

「凄いのは親で、俺はただそこの家で生まれたっていうだけだよ」

「そ、そうだよね。無神経なこと言って、ごめん」

彼は実力派の俳優なのだ。アイドル的な側面もあるが、それはあくまでも商品としてだ。彼の努力や研鑽《けんさん》を否定することになりかねない発言は控えるべきだった。莉央は心から反省する。

「いや。本当は勘当なんてしたくなかっただろうな。後継ぎの問題は解決していないんだ。直系の人間を残しておきたいだろうし。けど、どっちにしても無理だ。俺はこっち側の人間だから」

「こっち側って……」

「いうまでもないだろ。女は好きになれない。対象外ってことさ」

あまりにもあっさりとしたカミングアウトだったので、莉央はすぐに言葉にならなかった。

「……そっか。そういう意味で……」

ありえない、と瑞樹が言っていたことの意味を今になって納得していた。

不意に目が合い、鼓動が波立つ。

「え、じゃあどうしてこの子の面倒を見ることにしたんですか。瑞樹くんの子である可能性はだいぶ低いっていうことですよね？」

「そうだが、かなり酔ってた夜もあった。もしかしたらってこともあるだろ。無責任なことはしたくないと思ったんだよ。朝陽には、親から愛される権利はあるんだからな」

瑞樹は根が真面目でやさしい男なのだと、莉央は改めて思う。

「って殊勝なこと言ったけど、実際はいろんな思惑があったんだ。親の気持ちっていうのが俺にはよくわからないからこいつを通して知りたいっていう気持ちがあった。それと同時に、親の鬱陶しい執着から逃れるために、こいつと一緒に暮らして子どもがかわいいって思えれば、形式的な結婚も悪くないって考えに至るかもしれないっていう打算もあった。正直言うとな」

「そんな……」

「でも、誤算になっちまった。朝陽はめちゃくちゃ可愛いし、三人でいる時間が幸せだと思った。何より……あんたのことが好きになったから」

瑞樹の視線がまっすぐに向けられ、莉央は息をのんだ。

今、彼はなんて言ったのだろう。固まっている莉央に、瑞樹が迫ってくる。

「無反応はつれねーな。先生、聞こえてなかったのか？」

「す、好きとか……いつも思ってたんですが、軽々しく言ったらだめですよ。そういう意味じゃなくても」

「軽々しく言ってねぇし、そういう意味だよ」

「そういう意味って……」

「莉央のことが、本気で好きだって言ってるんだよ」

瑞樹がじれったそうに言う。彼の眼差しは熱を帯びていた。

「あんたは、俺をどう思ってんの。少なくとも、意識はされてると思ってるんだけど？」

「そ、それは。その……」

莉央は言葉に詰まった。どうしよう。見透かされてしまっている。

まさか、瑞樹からそんなにストレートに想いを告げられるなんて考えてもみなかった。

「莉央……」

返答を待ちきれなくなったらしい瑞樹が、いきなり莉央の上にのしかかってきた。

莉央は慌てて身をよじろうとしたが、隣には朝陽が寝ている。身動きがとれない。

「ちょ、待って。朝陽が、起きるじゃないですか」

莉央は焦って身じろぎをする。

「起きねーよ。こいつの寝つきのよさは折り紙付きだ。それに、今日はだいぶ疲れてただろうしな」

「そっか」

「だから、話をはぐらかしても無駄だぜ。先生。なんなら、ここでラブシーンの台本読みでもしようか?」

意地悪で挑発的な視線に、眩暈がした。ずきずきと全身に痛みのある熱がこみ上げてくる。

本当に逃げ場はなさそうだ。莉央は観念して白状することにした。

「……意識、してたのは、認めます」

そう伝えている今も、瑞樹のことを意識せずにはいられない。

それからもうひとつの秘密——を告白するタイミングは、もう今しかないかもしれない。

「へえ」

「だけど、それは……推しだった、から」

「は？　おし？」

勇気を出して正直に告げたのだが、瑞樹は意表を突かれた顔をした。

〝推し〟と書いて〝おし〟と読む。

莉央は空に文字を描いてみせた。

「いや、推しっていう意味はわかるけど……」

「あなたが、僕の好きな推しを演じていたから……」

「ああ、なるほど。そういうことか」

瑞樹は拍子抜けしたような顔で莉央を見下ろした。

そして、むずがゆいような表情を浮かべたかとおもいきや、なぜか拗ねたような目を向けてくる。

「前に、特別なファンじゃないとか言わなかったか？」

「うっ……それは……」

「嘘？」

「……あんまり追及しないでください」

「出逢った頃やたら挙動不審だったのは、俺をそういう目で見てたってわけか。ふうん」

企《たくら》んだ顔をした瑞樹が迫ってきて、莉央の耳にキスをする。

「……ちょっ」

身をよじると、今度は反対側の耳たぶを狙われる。

「あっ……やめっ」

「やめねぇ。ずっと黙ってたペナルティ覚悟しろよ。なあ、どんな想像してた？」

首筋に唇が滑り落ちる。

「んっ」

産毛《うぶげ》をなぞるようなくすぐったい感触にぞくぞくして、莉央はぎゅっと身を硬くする。

「……っちょっと、待って」

「あんたが望むことをしてやってもいいんだぜ」

「そっそういう不埒な願望は、ないですよ。ちゃんと公私混同しないように、制御してたつもりだし……」

反論すればするほど赤くなっていく頬や耳を、きっと瑞樹は把握しているのだろう。煽るように迫ってくる。

「ほんとに？　一度も妄想したことねーの？」

「そ、それは、意識していたっていうだけで。あくまでも僕は、瑞樹と知り合って、それであなたのことを……」

そこまで口走ってから、瑞樹の嬉しそうな顔を見て、莉央はむっと膨れた。

「これって、誘導尋問じゃないですか？」

「気持ちが知りたいだけだ。こっちに好意がないのにむりやりに抱くとかつまらねぇからな」

瑞樹はすっかり開き直っている。

「抱くこと前提なんですか……！」

「そりゃあ、けっこう我慢した方だ。ひとつ屋根の下、健全な男なら、な」

そう言い、瑞樹は上に着ていたシャツを脱ぎ、莉央の両手をシーツに縫い付けるようにして、組み敷いた。

「待って。急展開すぎる」

思わず、心の声が零れた。

それに、下半身の当たるところで、瑞樹にバレてしまうのが不安で腰が引ける。

でも、瑞樹は少しも引かなかった。さらに強く腰を押し付けられ、彼がたしかに熱望していることを身体でも感じとる。それに応じるように莉央もびくりと反応してしまっていた。

「あっ……」

「わかるだろ。あんただけじゃない。こうなってるのは」

瑞樹がこれでもかと押し付けてくる。莉央は正直に反応してしまう浅ましい自分がうらめしかった。

「……っ」

「莉央、俺はあんたのことが好きだ。あんたは俺のことどう思ってる？」

情欲を灯した眼差しを向けられ、心臓が痛いくらいに脈を打つ。

懸命な愛を乞う視線に、息ができなくなるくらいときめいた。

もう、これ以上、セーブできないかもしれない。莉央は自分の中のリミッターに手を伸ばす。

最初は憧れていた推しが隣人だったことに驚き、まさか子育てをすることになるなんて思わなかった。二人で子育てをするうちに、ちょっとした友情くらいには絆《きずな》が出来ていると自負もあった。

その中で、公私混同するまいと、朝陽の手前、瑞樹への想いを自分自身意識してしまわないようにしていたというのに。

ああ、彼に抱かれて溺れてしまいたい。

そう切望するくらいに——気持ちが膨らんで、爆発してしまいそうになる。

「好き、です」

とうとう溢れて、胸に熱いものがこみ上げてくる。

鼓動はどんどん速まっていくばかりだ。

彼に抱かれることを期待して、じんわりと肌が汗ばんだ。

「聞こえない」

瑞樹が催促するように囁く。その声色の艶っぽさにますます体温を煽られてしまう。

「何度も言わせないでくださいよ」

「もう一回。ちゃんと言えよ。じゃないと……」

軽く脅すように見つめられ、莉央はびくりと震える。

「じゃないと……？」

「トリックオアトリート、みたいな」

額をこつりと当てられ、莉央は目を瞬かせる。

「へ？」

「何するかわからないぜ。もちろん、悪戯《いたずら》は大人バージョンな？」

瑞樹はふっと笑った。

「か、からかったんですか」

「あんたの気持ち、ちゃんと聞きたいだけだ。無理にしたいわけじゃねぇし。だからもう一回言ってくれ」

埒《らち》があかないので、莉央は仕方なくむずがゆいような気持ちで再度、想いを告げた。

「好き、です……」

「……うん」

納得したように、瑞樹は微笑む。至近距離のその表情は目の毒だった。

「よし、じゃあ、もう待たなくていいよな？」

瑞樹はそう言い、いきなり莉央の唇を奪った。

「ん……!?」

驚いて身を引こうとしても、彼は頑として動かなかった。お預けを食《く》らっていた獣が獲物を喰らうみたいだ。

「待っ……ん」

「……待たないって、言ったろ」

唇を執拗に啄《ついば》まれ、酸素を求めて喘《あえ》ぐ。

「はぁ……んっ」

どこもかしこも熱い。

自分の体が男のくせに線が細いのも筋肉がつきにくいのもコンプレックスでしかなかったけれど、瑞樹に抱かれるのなら、悪いものじゃないと思った。

やがて、身じろぎは諦めた。

すると、口腔《こうこう》に吐息と共に舌が入ってきて、莉央の緊張した心ごとほぐすように搦《から》めとられる。

熱い舌の翻弄と、重たい肌の重なりに、鼓動はどんどん速まっていく。平らな胸の中心で咲く蕾《つぼみ》を指先でいたずらに擦られ、莉央の中心は疼くように反応する。

「……………んっ」

悟られないように瑞樹の胸板を押し返すと、彼は獣みたいに舌なめずりをして、莉央の喉ぼとけに噛みつくかのように唇を滑らせていく。その淫猥《いんわい》な感触に、莉央は打ち震える。

このまま食べられても構わないという思考さえわいた。

着ている服は強引に脱がされ、瑞樹もまた手早く脱いだ。

「あ、っ……」

瑞樹の唇は、莉央の胸の中心に咲く小さな蕾を的確に捉え、かちかちに勃起《ぼっき》したそれを無遠慮に口に含んだ。

「ああっ……ん」

ちゅうっと吸われた瞬間、頭の中に火花が散った。

生温かい感触に腰の奥がぞわぞわする。欲望を剥がすように彼は舌を這わせてきた。

「んっん……！」

莉央がびくびくと跳ねるのを見ながら、瑞樹は執拗に攻め、しゃぶって、甘く噛む。その繰り返しが、たまらない官能の渦となって莉央を淫らに解放しようとする。

「やっ……くっ……んんっ」

思わずのけぞると、瑞樹の手が下着の中に入ってきて、張りつめた屹立《きつりつ》を手の中におさめようとする。身構える余裕などなかった。

「すっげー……ぬるぬる」

いたずらに瑞樹が手を動かす。

「あ、っ……う」

莉央は羞恥心を必死に堪えながら、彼に懇願した。

「言わない、でっ。さわ、るなったら」

「その気にさせたんだから、無理。観念するんだな」

瑞樹は言って、目の前で勃ちあがった莉央の分身を扱きながら、乳首をたっぷりと責め立てるように舌を這わせてくる。

「あ、あっ……くっ……は、……」

やがてその舌先は淫らに筆を下ろして、彼の唇はぬるついた肉棒の先端へと着地した。

「あ、待って。そんな、しなくていいっ」

「……あんたが望んでること、たっぷりしてやるよ」

「あぅ……あっ……やっ」

莉央は思わず自分の手の甲で、自分の声が漏れるのを阻止しようとした。

「声、我慢するなよ」

瑞樹がそう言い、手の動きをよりいっそう淫らにする。

「あっ……んん」

濡れた粘膜に擦られ、推しに愛撫されている現実を突き付けられ、莉央は混乱と愉悦《ゆえつ》を極めつつあった。

「あ、あっ……だめ、だっ……イく……やだっ」

もう、我慢ができない。

昂った感情ごと吐き出してしまいたい。

そんな吐精《とせい》の欲求と衝動が突きあがってくる。

「いいよ。全部出しな。飲んでやる」

推しの顔を汚すわけにはいかない。そんな健気な思考すら、もうまともに機能しなさそうだ。無意識に腰を揺らし、愉悦を享受しようと動いてしまう。

瑞樹の頭が揺れ、彼の口腔が莉央の絶頂への手助けをしようとする。

「あ、ほんと、んんっ……もう、だめっ」

必死に理性へと手を伸ばす。何か別のことを考えようと抗った。

しかし手遅れだ。極めつつあった愉悦からは逃れられそうにない。

「イけ」

瑞樹の声に誘導されるかのように、莉央はおもいっきり瑞樹の口の中に吐精してしまっていた。

「あ、――――うっ……！」

どろっとした白濁《はくだく》した体液は、推しの美しい顔を穢す。

しかしその姿さえ、魅惑的に映って、莉央はすべてを出しきるまで体をびくんびくんと揺らしたままだった。

「は、……ぁ……」

瑞樹は献身的に莉央のすべてを舐めとる。獣がすべてを食い尽くして満足するまでそうするように。

あまりの気持ちよさに涙が浮かんでいたらしく、ぽろぽろと雫が頬を伝っていく。

色っぽい視線で見上げる瑞樹は、自身の穢れた唇を拭ったあと、莉央の髪をやさしく撫でた。

「どう？　きもちよかった？」

莉央はこくりと素直に頷く。泣きたいくらいに気持ちよかった。そう言いたかったけれど、

「……死んじゃいそうだった」

気づけばそう口にしていた。

「はは。ほんと、かわいすぎ」

見た目大人っぽい瑞樹が無邪気に喜んでいるのを見ると、莉央はたまらない気持ちになる。うずうずとした欲求が、新たな火をつけようとしていた。

「ねえ、瑞樹」

莉央はドキドキしながら瑞樹の名を呼んだ。

「ん？　なんだよ」

濡れた指先を舐めとりながらこちらを一瞥する瑞樹の仕草に、莉央はぞくぞくした。

「僕も、したいよ。自分だけなんて……いやだ」

そう言い、瑞樹の腰に手を伸ばした。

莉央の行動に意外そうな顔をした瑞樹だが、すぐに目元を緩めた。

「先生もその気になってきたんだ。いいぜ。したいようにして」

瑞樹は後ろに手をついて、莉央が彼の着衣を寛げるのを待っている。

莉央は瑞樹の下着を脱がし、彼の屹立をそっと手にする。自分のとは感触もサイズも形も違う。いとしいその熱をおさめながら、おずおずと丁寧にキスしていく。

少しくすぐったそうに瑞樹が震えるのが、嬉しいやら恥ずかしいやら、夢中で愛したくなった。

「ん、……」

先端から流れる雫を舐めとっていると、瑞樹が僅かに呼吸を乱す。

感じてくれているんだ……そう思えば、莉央の瞼は熱くなり、中心にじんとしたものを感じつつあった。それが瑞樹の視界にも映ったらしい。

「……っさっき出したばっかりなのに、もうそんなにしてるのかよ」

「あなたの、せい、なんですから」

上目遣いで訴える莉央に、瑞樹はぞくりと興奮を覚えるように背中を震わせた。

彼の屹立も愛撫するにつれ、はちきれそうなほど硬くなってきている。

「じゃあ、もういいよな？　うしろ……挿れるぜ」

「あっ」

瑞樹は莉央の手を止め、後ろから覆いかぶさった。

四つん這いになった莉央の後ろから瑞樹が臀部《でんぶ》を押し付けてくる。

前に伸びてきた彼の手は莉央の勃起した熱棒をおさめ、ゆっくりとやさしく扱いた。

「あ、ん……ぅ」

これから好きな人に抱かれる期待と興奮で、頭が真っ白に染まりかける。

「……まだ、イくなよ」

彼はコンドームを嵌め、濡れそぼった莉央の後腔にローションを塗りつけた。

じわりと熱くなる。その先へ彼のものがあてがわれ、莉央はびくりと喉をそらす。

「痛かったら、正直に言えよ」

「う、ん……」

今から好きな人に抱かれるという幸福感に眩暈を憶えたのも束の間、先端を擦られると、びくびくっと前が跳ねた。

「あっ……ああっ……」

「声、すげーかわいいけど、もう少しだけ静かにして」

「わ、かってる……ん」

緩くゆっくりと先端をこすりながら、瑞樹が莉央の柔らかい内部へ侵入しようとしている。

「あっ……くっ」

莉央は思わず喉をそらした。ひくりと臀部が震える。

受け入れたらもう後には引けない。

直前まで抗う気持ちはあったはずなのに、流されてしまいたい自分の方が上回っていた。

中に瑞樹が入ってくる。

「きっつ……大丈夫か？」

瑞樹が吐息を零す。莉央は無言のまま頷いた。

想像している以上の圧迫感に息が止まりそうになる。

「ん、はぁ……」

苦しい。痛い。でも、気持ちいい。

もっと受け入れたい。中で感じ合いたい。

なぜ、こんなに胸がいっぱいになるのだろうか。

埋めてほしかったのかもしれない。

自分を認めてほしくて、寂しかったのかもしれない。

誰でもない、瑞樹に求めてほしいと願っていた。

そんな切迫した想いが、莉央の瞳に涙を浮かばせていた。

「瑞樹っ……ん」

「俺を、好きでいてくれるなら……あんたも覚悟して、受け入れてくれ」

莉央は無言のまま頷く。

膨らんだ肉棒を扱かれながら、ゆっくりと体内を穿《うが》たれる。深いところで瑞樹のことを感じる。それは、人知れず冷えた心にぬくもりを与え、えもいわれぬ幸福感を与えてくれるものだった。

もう、彼に甘えてしまいたい。めちゃくちゃにされてしまっていい。

「は、……どうよ。推しに……抱かれる気分は」

瑞樹が腰を揺らしながら、莉央の背に覆いかぶさりうなじを舐めた。

「んっ……そういうこと言わないでっ……」

「こっちだって、余裕があるわけじゃ……ねぇよ」

ずんっと軽く突き上げられ、目の前が白く染まりかけた。

「ああっ……！」

「手加減する気はないぜ」

瑞樹はそう言いながら、奥へと誘おうとする。

「あっ……ン……いい、んっ」

誰かにこんなに強く想われたことなんてなかった。

「すげー……締め付け方」

くっと、彼は笑う。羞恥のあまりに、莉央はますます反応してしまう。

「あ、あっ……だって、瑞樹がっ……」

莉央が震える以上に、中で瑞樹が大きく膨らんでいるのを感じる。彼も興奮しているのだ。

体内を埋め尽くしていく彼の想いが嬉しくて、痛みとか苦しさよりもずっと至福の愉悦に誘われる。

「好きだ、莉央……っ」

さっきまでエスコートしてくれていた瑞樹にも本当に余裕がなくなっている。

気遣ってくれていた腰の動きが制御しきれないといったふうにどんどん荒々しくなっていく。

臀部を打ち、粘膜を擦る水音と、互いの呼吸が部屋に響きわたった。

「あ、……ああっ」

莉央はシーツを握りしめながら、彼から与えられる喜悦に絶え間なく溺れた。

言葉を交わすよりも、互いを感じ合いたくて、全神経が高みへ昇りつめようと集中しはじめていた。

「は、……っ……あっ」

「……くっ……はぁ……っ」

お互いの呼吸が乱れ、互いの肉を穿つ音と息遣い以外に何も聞こえなくなっていく。

「あ、あっ……出るっ……んっ」

「莉央、俺も一緒だ……」

愛しい人の言葉が、合図になった。

「あ、あっ……瑞樹っ……あ――っ…イく……っ」

「――っ！」

痛みと熱と重みと、必死に酸素を求めながら、雷にでも打たれたみたいな激しい愉悦の極みに身を任せ、白い空白へと漂流する。

もがきながら、逞しい腕にかき抱かれ、汗ばんだ肌と、唇を重ね合わせる。

鼓動に耳を重ね、余韻をなだめ合うように唇を食《は》み合う。

生きていると、実感できる至福の時間だった。

＊＊＊

めくるめく愉悦の余韻は、なかなか莉央を解放してはくれなかった。瑞樹からの求愛は、一度では止まらなかったのだ。

気付けば、うっすらと空が明るくなってきていて、どれだけ怠惰に交わっていたのか、思い知らされる。

布団に突っ伏して、莉央はぐったりとして枕を抱きしめる。

「──動けない」

腰の奥に痛みを感じながら、莉央はむすっとする。

「そんな顔するなよ。手加減しないって予告しただろ」

瑞樹はからっとしている。

彼がタフなのはわかっていた。

しかし性欲がありあまっているとは聞いていない。絶倫にも程がある。

「朝食作ってくれたら許す」

「いいぜ。そのあとの大惨事を覚悟してくれるなら」

料理があまり得意でない彼が何かを作ろうとしたら、料理とはいえないものができあがるだけでなく、キッチンが実験室と化してしまうことは容易に想像できる。

「はぁ……朝陽がかわいそうだからやめておく」

しばらく横になって落ち着くのを待つしかない。

当の朝陽はというと、柔らかい毛布に包まれ、すやすやと眠っている。そのことにホッとしていた。

「な、起きなかっただろ」

「天使の寝顔だな……」

「……せっかくだから、もう一回しよっか」

瑞樹はそう言い、抱きついてこようとする。

「ば、ばか。調子に乗らないでくださいよ」

「じゃあ、また今度。ほら」

唇を差し出され、キスをしろとねだってくる瑞樹に対し、どうしようか躊躇《ためら》う。

「……」

応えないでいると、軽く唇を奪われ、愛しい人のかわいい表情に見惚れて、何も文句は言えなくなってしまう莉央であった。

それから――。

朝陽が起き出して、朝の身支度を終える頃、莉央はすっかり瑞樹の顔が直視できなくなってしまった。

（あんなことやそんなことや……やってしまった）

腰の奥の痛みは落ち着いたものの、まだ気だるい。

自分がどんなに淫らな状態だったか思い返せば返すほど、激しい羞恥心に身悶《みもだ》える。

瑞樹に今さらとか言われそうだけれど、そういう気分に浸っている直後ならまだしも、冷静になった今だからこそ恥ずかしいのだ。

朝食の片付けのあともずっとぎくしゃくしていると、さすがに瑞樹も呆れた表情を浮かべていた。

「莉央」

「は、はい」

「動揺しすぎ。いい加減に慣れれば？　朝陽が不思議がってるぜ」

瑞樹がくすりと笑う。

彼に着替えさせてもらっていた朝陽がこちらを見てきょとんとしている。百面相を見られていたらしい。

「な、なんでもないよ。あっくん」

にっこりと笑顔を向けてみたものの、こちらを窺う様子のきらきらとした瞳に、どぎまぎしてしまう。

「なんでもなくはないだろ。子どもの目はごまかせないぜ」

「うっ……」

「今日は大事な記念日。パパとママがラブラブになったんだ」

「ぶらぶ、らぶら？」

朝陽は首をかしげていた。

「ぶらぶらじゃなくて、らぶらぶ」

「らびゅ、らびゅ！」

瑞樹の声を真似して、朝陽が一生懸命発声する。その姿はかわいいのだが――。

「そう、らぶらぶ」

朝陽は語呂のよさが気にいったのか、ぴょこぴょこジャンプをする。

「ちょ、そんな連呼《れんこ》して。余計なことはいいですよ」

指でハートを作る瑞樹を真似しようと、朝陽もたどたどしく手で形をとろうとする。

「ほら、先生も」

「ぼ、僕はやらないですよ」

莉央はふいっと視線を逸らした。

顔の赤みがとれるまで、彼の方を向いてはならないと心に決めた。

「――あ、そういえば、夕べ言いそびれたんだけど、今日の昼の舞台、先生の席とってあるから時間あったら見に来いよ。せっかく、台本読みの相手もしてもらったしさ」

「舞台……そういえば、今日初日《しょにち》か……」

莉央もすっかり昨日のことで頭から抜けていたが、瑞樹が出演する新作舞台がはじまるのだ。彼は主演を務める。

そんな大事な日の前に夜通し……とは、彼は本当にタフなんだな、と尊敬を覚えた。

「でも、子連れで舞台観劇はできないよ」

「大丈夫。その間、マネージャーが朝陽を預かってくれるってよ」

「それは有難いけど……度々いいのかな」

「最初はもちろん甘えてばかりいらんないって断った。けど、向こうが乗り気だったんだからいいんだよ。朝陽のおばあちゃんになった気分を味わいたいんだとさ」

「おばあちゃんって……」

たしかに狭山は瑞樹にとって母代わりの人だからおばあちゃんといっても過言《かごん》ではない。それほど、瑞樹を自分の子どものように大事にしているのだろう。そんな狭山と瑞樹の関係を微笑ましく思う。

（血の繋がらない親子……か）

そろそろ今後のことを考え直さなければならない時期だろうか。

そんなことをぼんやり思っていると、朝陽が莉央の顔を覗き込んできた。

小さい手を一生懸命に曲げたり伸ばしたりして、指でハートを作っている。

「まぁま、はとぉ！」

「わ、上手にできたね」

「うん！　ままもぉ」

朝陽が瞳を輝かせている。期待に満ちた眼差しを受けたからには、もうやらないとは言えない。

「わかった。一緒にしよ」

「いっちょ！　いいねぇ！」

「いいね！」

朝陽は朝からご機嫌だ。

ひょっとしたら、瑞樹が初日舞台で気合入っているのが伝わっているのかもしれない。

そんなふうに感じ取ると、莉央も嬉しくなった。瑞樹もまた朝陽の様子を眺めて微笑んでいた。

「せっかくだから舞台公演見に行こうかな。勉強にもなるし」

……久しぶりの推し供給も得ておきたいところだし、と考えていると、瑞樹が悪戯っぽく笑った。

「推しの活躍も見ておきたいし？」

「急に心を覗いたようなこと言うの、やめてもらえますか？」

せっかく顔の火照《ほて》りがおさまったというのに、またじわじわ熱くなってきてしまう。

「先生、案外わかりやすいからさ」

瑞樹が笑うと、朝陽まで口元に手をやりぷぷぷっと笑うふりをする。もうすっかり父子のようだ。

「まったく……」

そう言いながらも、莉央の表情にも自然と笑みがこぼれていた。

＊　＊　＊

新作舞台の初日公演マチネの観劇が終わり、狭山を交えて瑞樹と一緒に食事を楽しんだ後、莉央は朝陽を連れてマンションに戻っていった。

（瑞樹、かっこよかったな）

まだ胸の高鳴りが続いている。

荒々しい殺陣《たて》も、繊細な仕草も、心を揺さぶる演技の表情も、どれもこれも素晴らしかった。

毎日稽古を重ねていた瑞樹のことを思うと、莉央も何か革命的なことをしなくてはいけないような刺激を受けていた。

朝陽をお昼寝させたあと、莉央はさっそくパソコンに向かった。今なら良いアイデアが浮かぶ気がしたのだ。

周りの音など気にならないくらいの集中力だったと思う。夢中でパソコンに向かい、どのくらい経過したことだろうか。久しぶりの達成感に胸が高鳴っていく。

部屋が暗くなってきたことに気付き、莉央はようやくハッとする。朝陽のことをきちんと気にかけてやれていなかった。

「あっくん？」

三時間が経過していた。さすがにお昼寝にしては時間が長すぎだ。それでも朝陽が起きてくる気配がない。

心配になって朝陽の顔を覗き込むと、顔が赤くなっていて、呼吸が苦しそうだった。かけている毛布を剥がし、慌てて額に手をあてた。

「え、朝陽？　どうした？」

うっすらと瞼を開けた朝陽が潤んだ瞳でこちらを見る。

けれど、どこか焦点が合わずぼんやりしている。いつもと違う様子に莉央の顔から血の気が引いた。

「大丈夫？　どこか具合悪いの？」

朝陽は何も答えようとしない。

ひとまず起こしてみようと、朝陽を抱き上げたときだった。小さな体が、かくかくと痙攣《けいれん》をしはじめていた。

一体、何が起きているのかまったくわからない。今にも息絶えそうにも見える程ぐったりしている。

莉央の顔から血の気が引いた。

「朝陽！」

どうしよう。どうしよう。どうしたらいいんだ。

すぐに瑞樹のことが思い浮かんだ。

慌ててスマホを掴み、通話ボタンを押す。彼が仕事中かどうかなんて考える余裕もなかった。

三コールくらいで繋がった。

瑞樹が返事をするより先に、莉央は叫んだ。

「瑞樹、大変なんだ」

『どうした』

「朝陽が、朝陽がっ」

『落ち着けって。何があったのか、順序よく喋ってくれ』

「お昼寝させてたんだけど、ずっと起きてこなくて、そしたら具合が悪そうで、熱があるみたい……痙攣してるのかな？　ぐったりしてて心配なんだ。病院どうしよう。救急車呼んだ方がいい？　でも、このままじゃ……」

『救急車呼ぶより直接向かった方がいい。クリニックの連絡先、登録してるよな？　今日はまだやってるはずだから連絡入れてタクシー乗って。俺もあとから行くから』

「わかった」

莉央は手早く荷物をかき集め、朝陽を抱いて外へと飛び出した。

タクシーは程なくしてやってきた。

莉央は朝陽を抱いて乗り込むと、スマホに登録していたクリニックの連絡先を表示させた。

「お願いします。このクリニックまで急いでください」

心臓がバクバクしていた。朝陽をしっかりと抱いて、がんばれがんばれと声をかけ続けた。

何もしなければ、朝陽が死んでしまうのではないかと、本気で心配になったのだ。

早く、とにかく早く着いてくれ、と気持ちが急いていた。

タクシーを降りたあとのことはほとんど覚えていない。

もつれそうになりながらクリニックに駆けこんだあと、

「お願いです、助けてください！　先生！　朝陽を助けて……っ」

そう叫んでいた気がする。

何事かと、看護師が急いで駆けつけてくれた。

「緊急ですね。お熱を測らせてもらいますね」

「朝陽は、大丈夫でしょうか。こんなの初めてで……」

莉央はとても正気でいられなかった。

「今、先生に診てもらいますから、大丈夫ですよ」

すぐに看護師が朝陽の様子を確認し、医師のもとに案内してくれた。

問診で様子を伝えると、診察のあと、朝陽の小さな腕には点滴の針が刺され、それからベッドに寝かせてしばらく待つことになった。

看護師が診てくれている間、医師から呼ばれて莉央は診察室へと再び入る。

医師は穏やかな声で言った。

「たしかに高熱でぐったりはしていましたが、チアノーゼは見られませんでしたし、熱のせいで意識が朦朧《もうろう》としていただけですから、心配いりませんよ。感染症の検査もしましたが、とくに問題はありませんでした」

「本当ですか？」

莉央は自分の手をぎゅっと握りしめた。

「はい。いわゆる風邪症状でしょう。お子さんの痙攣は初めてですか？」

「僕が知る限りでは……」

「そうですか。先ほど痙攣防止の座薬も入れましたし、あと三十分くらい点滴をして栄養をとったら、連れて帰ってあげてください。予備の熱さましと、風邪薬を院内処方でお出ししますから」

　穏やかに説明してもらえたおかげで、やっと莉央はホッと胸をなでおろした。

「取り乱してしまいすみませんでした。あんなに元気だったから……びっくりしてしまって。不甲斐ない話です」

「いいえ。初めて痙攣を見る保護者の方は、誰でも驚きますよ。インフルエンザなどの感染症の高熱でも同様のケースがあります。唇が紫色になるチアノーゼの発現に至って、救急車を呼ばれる方も多いです。ご自身を責めないでください」

　それでも、ここまで高熱になるくらいまで放っておいた莉央に責任はあるのだ。

「子育てに慣れていないご家庭ではよくあることです。子どもは熱があっても自分に何が起こっているかわからないものですから、なまじ体調管理に長《た》けた大人より元気なものなんです。大人が気づいたときには、熱がぐんと上がっていたりするものです。朝陽くんも、もしかすると、もう少し前から気付かないくらいの体調不良の兆《きざ》しがどこかにあって、熱っぽかったかもしれませんね」

　思い返せば、朝陽がやたら元気だったのは熱のせいもあったのかもしれない。ご飯はあまり食べていなかった気がする。

「もしかしたら、そうかもしれません。今思うと……」

　そういう小さなサインを見逃してしまっていた。莉央はおもいきり反省した。

「急に高熱になると、小さな子は免疫《めんえき》が少ないですから対応しきれず、稀《まれ》に痙攣を起こす子もいます。痙攣にも種類があって、病気由来のものか熱由来のものか、判断する必要があります」

　病気と聞いて、莉央は気持ちが暗くなった。

「朝陽の場合は……」

「朝陽くんの場合は、現状は熱由来のものと考えています。このあとは、決まった時間にお薬を飲ませてください。熱性の痙攣は何回も繰り返し起きるようなものでなければ、何も心配することはありません。三、四日様子を見て、お薬を飲んで元気になればそれで大丈夫です。もし痙攣が再発したり続いたりなど、気になることがあれば、またすぐに受診してください」

医師の丁寧な説明を聞き、莉央はようやくほっと胸をなでおろした。

「先生、駆け込みで見てくださり、本当にありがとうございました」

莉央は深々と頭を下げた。

すぐに診てもらえたことが幸いだった。

「いいえ。こちらは構わないのですが、保護者の方は大変でしょう。今後のことを考えた方がいいかもしれませんね」

「今後のこと？」

「はい。子どもは色々と感染症にかかりやすいです。診る分には構いませんが、たとえば、ご家庭の負担にならないように健康保険に加入している世帯では子ども医療費助成制度なども利用できます。それ以外にも色々……子育てをしていく上で必要な手続きが必要かと思います。ご事情はあるかもしれませんが、お母さんの所在がわからない、戸籍がわからない……となると、万が一のことがあったときに困ることになりますよね」

医師は言いにくいことをあえて莉央たちのために指摘してくれたのだろう。

「そう、ですよね」

莉央は、マンションの玄関前に置き去りにされていた朝陽と、初めて出逢った瑞樹とのことを振り返る。

たしかに、朝陽のこれからのことをいつまでも先延ばしにしておくわけにはいかない。たとえ瑞樹宛てにメッセージが残されていたからとはいえ、瑞樹本人が父親ではなく、他人が置いていった子を勝手に保育することはできない。それは法律でも決まっていることだ。

そろそろ児童福祉施設、警察署などに改めて相談に行くことも考えなくてはならないだろう。母親が名乗り出ることを待っていたが、もうとっくに一ヶ月は過ぎ、まもなく二ヶ月を迎えてしまうのだから。

「ありがとうございました」

「お大事にどうぞ」

医師と看護師に改めて挨拶をしたあと、莉央は朝陽を抱っこして待合室に戻った。

点滴が終わったあとも、眠気がさしたのか、朝陽は目をこすりながらうとうとしていた。

「よかった。ほんとうに心配したんだぞ」

莉央は朝陽の頬をやさしくつんつんと触れてみる。色素の薄い小さな手首に針の痕を見つけて、鼻の奥がツンとした。ホッとしたらなんだか気が抜けて泣きそうになってくる。

でも、泣きたいのは朝陽の方なのだ。保護者である自分がみっともなく泣くなんてありえない。

莉央はこみ上げてくる涙を必死に啜った。

なにやらロビーが騒がしい。急いで駆け込んでくる人の姿が見えた。どうやら瑞樹が到着したらしい。

「朝陽はどうだった？」

飛び込んできた瑞樹は、心配そうな顔で莉央と腕の中に抱かれた朝陽を交互に見た。

「高熱のせいで痙攣が出たけど、感染症とかの類《たぐい》ではないって。風邪薬を飲んで、ゆっくり休めば大丈夫だってさ」

「そっか。よかった。マジでどうなるかと……焦ったわ」

瑞樹は盛大にため息をつく。

「公演期間中の大変な時にごめん。パニックになっちゃって。電話が繋がってほんとうに助かった」

「何言ってんだよ。こっちの方こそあんたに頼りっぱなしで悪い。すぐに診てもらえてよかったよ」

「うん。本当に、親になるって大変なんだって実感したよ」

莉央は朝陽を見つめながら、先ほど医師から言われたことを思い返していた。

「なあ、莉央」

「うん？」

「ずっと考えてたんだ。俺たち、三人で家族にならないか」

突然の瑞樹の申し出に、莉央は息が止まるかと思った。

「それは……そう簡単には……」

「言いたいことはわかってる。簡単に頷ける問題じゃないよな。けど、不可能ではないはずだ。もっと広いところに越して、三人で暮らそうぜ」

「瑞樹……」

「俺はちゃんと本気だから。あんたも真剣に考えておいてくれ」

いつかは直面する問題だと思っていた。

朝陽をどうするのか。莉央もさっき改めて考えなくてはと感じていたところだ。

けれど、瑞樹の口からいちはやくその言葉が出てくるとは思っていなかった。

3

家族——か。

瑞樹から言われた言葉が、一週間を過ぎても尚、莉央の脳裏に焼きついていた。

朝陽はあれから順調に回復し、念のため診察を受けたが、痙攣はやはり一過性の高熱由来ではないかという診断だった。

なるべく目を離さないようにするといっても、莉央も瑞樹も仕事がある。保育所に通わせることも考えなくてはならない。

朝陽の母親は姿を現さない。

本当に朝陽を迎えにくる気がないのだろうか。

医師が言っていたように、今後のことを考える時期にきているのではないだろうか。

あと少しだけ待ってみようと引き延ばすことは、朝陽のためにならない。やはり然《しか》るべき場所に預けるべきではないのか。

（どうしたらいいんだろう）

莉央は部屋に少しずつ増えていった朝陽との思い出の品々を眺め、なんともいえない気持ちになった。

瑞樹の部屋なんか最初の殺風景さは一体どこへいったのやら。絵本、積み木、ポスター、いまや育児グッズや玩具でいっぱいになっている。

けれど、未だに写真はない。勝手に撮影することに抵抗というか遠慮があったのだ。

（こんなにあの子のこと愛おしくなっちゃうなんて、思わなかったな……）

だが、離れがたいという感情に任せるわけにはいかない。自分たちのために朝陽がいるわけじゃない。朝陽のために保護者が必要だったのだ。

そして、今後は朝陽にとってどうすることが一番いいのか。それを真剣に考えていかなくてはならない。

瑞樹はどんな想いで、家族になろうと言ってくれたのだろう。中途半端なことはしない。彼なりの決意と覚悟があったはずだ。

日本ではまだ同性婚は認められていない。あっても自治体が認めるパートナーシップという制度だけだ。法的な拘束力は何もない。

つまり、同性のパートナーの場合は、夫婦の実子として受け入れることができる、特別養子制度が利用できない。

普通養子制度では、朝陽を瑞樹か莉央のどちらかの養子にすることは可能だが、産みの親の同意が必要な上に、親権は産みの親のままなのだ。

朝陽が大きくなったとき、母親がいないことを問われることになるだろう。

今、ママと慕《した》ってくれているのは莉央の中性的な容姿がごまかしているだけに過ぎない。同性パートナーであること、そして、どちらとも血の繋がらない事実を知ったら、彼はどんな気持ちになるだろう。

（せめて僕たちが、男女の夫婦だったら……違ったのに）

養子縁組をするにしても、第一に、児童相談所や福祉施設に相談しなければならない。里親になれるかどうかもそこで審査される必要が出てくるのだ。

家族になるといっても、簡単な話ではない。厳しい現実を突き付けられ、莉央はため息をついた。

「まずは目の前のことをやらないとな」

莉央はデスクに座り直し、パソコンに向き合う。

あれから脚本はなんとか無事にリテイクを乗り越えられた。このまま脚本を最後まで完成させれば、次のステップに進むことができる。

エディターに文字を打ち込み、度々画面とにらみ合っていると、インターフォンが鳴った。

画面には狭山の姿があった。

「狭山さん?」

『和泉先生、少しお話よろしいでしょうか?』

「はい。今、玄関を開けますね」

瑞樹に何か用事があったのだろうか。

瑞樹は元気になった朝陽と一緒に散歩がてら買い物に出かけている。

風邪を引いてからずっと家の中にいた朝陽は元気が有り余っているようだったので、帰りに公園で遊ばせてくると言っていた。

瑞樹の仕事は午後からの予定と聞いていたが、入れ違いになったのだろうか。

玄関のドアを開けると、狭山が申し訳ないような顔をしていた。

「お仕事中、突然お邪魔してすみません」

「いえ。休憩していたところですから。どうされたんですか? 黒沢さんなら朝陽と買い物に出ているので、もう少ししたら帰ってくると思いますけど……」

「いえ、今日は特にお迎えとかそういうことじゃないんです。実は、ある人から相談を受けていて、和泉先生の考えをお聞きしたいなと思ったんです」

相談……なにやらこみいった事情がありそうだ。莉央は狭山を部屋の中へ入るよう促した。

「よかったらどうぞ。散らかってますけど」

「お言葉に甘えて、失礼します」

部屋に入ると、狭山はきれいにラッピングされたドーナッツの箱を差し出した。

「これ、よかったら召しあがってください」

「美味しそうですね」

「お豆腐《とうふ》のドーナッツでヘルシーなんですよ。朝陽くんも食べられるかなと思って」

狭山は言ってやさしく微笑む。彼女の朝陽への気遣いが嬉しかった。

「お気遣いいただき、ありがとうございます。きっと喜びますよ」

とりあえず莉央はテーブルを適当に片付け、お湯をわかすことにする。取引先からもらったドリップコーヒーがあったはずだ。

「勝手に押しかけてきたのは私ですから、どうぞお構いなく」

狭山は控えめにそう言い、窓の外へと視線を移した。

「ある人……だなんて、濁《にご》してしまってすみません。お察《さっ》しかもしれませんが、瑞樹のことなんです。先生は、彼から近々ここを引っ越したいという話を聞いていませんか？」

家族にならないか、と瑞樹から言われた言葉が再び脳裏をよぎった。やはり彼は本気なのだ。

「実は、少しだけ……そういう類の話をしました。朝陽の母親は迎えにくる気配がありません。三人で暮らすには狭いし、黒沢さんのお仕事のことも考えると、セキュリティ的にもあまりよくないし……。ただ、僕としての結論は、まだ出ていないんですけれど」

「そうですか。家族になる……なんて、簡単には決められませんよね」

「はい……」

「最初話を聞いたときは私も反対でした。すぐに音《ね》を上げるだろうとも思っていました。でも、今は違います。応援しているんですよ。家族の形には、色々あっていいと思うんです。先生も、瑞樹の家庭の事情はもうご存じかと思いますが……」

狭山がそう言い、寂しそうな表情を浮かべる。

莉央は黙ってうなずいた。

それから少し迷いつつも、自分の中に整理できずにいた問題をゆっくりと口にする。

「黒沢さんと状況は違いますが、僕も、色々と家庭環境は複雑なんです。ある日、父は母の浮気を疑い、僕が自分の子ではないと言い張った。実際は血の繋がった親子ということは結論が出ています。でも、父には届かなかった。それをきっかけに僕は……父に人格を否定され続けてきました」

毎日、心ない言葉をどれほど投げかけられただろう。肉体的な暴力はなかったにしろ、言葉の刃は莉央の心を抉った。

今でも思い出すと、胸が潰れそうな気持ちになる。

父のおそろしい言葉は、夜眠るときにも目覚めた朝にも、莉央の鼓膜にびっしりとこびりついて、何度も幻聴《げんちょう》に苦しめられた。

父の考えを改めるよう、誤解を解くように母は頑張っていたと思う。けれど、父にはその言葉が届かなかった。莉央を守るために、母は離婚を決意したのだと言った。

「高校入学と同時に、両親はとうとう離婚しました。これから人生をやり直そうと母子で誓った。でも、そんな矢先に母の病気が発覚し、僕が大学に進学をしようというときに母は亡くなりました。親戚との付き合いもないですし、祖父母なんかはとっくに他界していますから、僕に家族と呼べる人はもういません。父ですが、風の噂で再婚したと聞きました。今も幸せでいるかどうかはわかりません。絶縁状態ですから」

「そう、だったんですか。大変でしたね、和泉先生」

そういう狭山の声には、慈しみが溢れていて、莉央の脳裏にあたたかだった母のことが思い出されて胸が詰まった。

「……だから、異性の夫婦でないといけないとか、幸せになれる権利がないなどとは思いません。ただ、それとこれとは別です。黒沢さんや朝陽のことを考えると、正直パートナーがこんな頼りない僕でいいのかと気持ちが揺れるんです。一時的な疑似家族だっていっぱいいっぱいなのに、それが、一生続くんです。こんな僕が……幸せにしてあげられるでしょうか」

二人の間にしばし沈黙が流れる。一気に話してしまい少し喉が渇いていた。お茶を啜って、それからひと息つく。

「和泉先生は、和泉先生のままでいいんじゃないでしょうか」

「僕は僕の、まま……」

「はい。幸せは自分たちで作るものだって、瑞樹は言っていたんです。順序よく進めることは大事だ。けど、そればかりに囚われる必要もない。後回しにするということでもない。ただ、ゆっくり向き合って、一緒に少しずつ家族になっていきたいって」

それを聞いて、莉央は瑞樹の言葉を思い出していた。

『俺はちゃんと本気だから。あんたも真剣に考えておいて』

そう言っていたことを。

「親から理解されず、勘当されて家を出てきた子からまさかそんな言葉が出てくるなんて驚きました。子どもの成長は早いな、なんて。瑞樹はもうとっくに成人している大人なのに。すっかり母親の気分で困りますね」

ふふふっと狭山は照れくさそうに笑う。

彼女の想いに触れると、心があたたかくなる。

きっと今の瑞樹がまっすぐに輝けるのは、彼女の存在があるからなのだろう。正直、瑞樹が羨ましいと思う。

「きっと、狭山さんがいてくれたから、彼は安心して自分の夢や目標に向かうことができたんでしょうね」

誰しも、折れそうなときに側にいる人間は必要だ。莉央が折れずにいられるのが、瑞樹のおかげであるように。

「そんなに褒められると、姑《しゅうとめ》としてまだまだ口を出してしまいますよ」

おどけるように狭山がいった。実際にそんな光景が目に浮かんで、莉央は微笑んだ。

「繋がっていても、離れてしまっても、親は親。子は子。私はそう思います。だから、和泉先生はそのままでいてください。瑞樹が選んだ人なら間違いないと思っています。姑の私が言うんですから、間違いないですよ」

「狭山さん……ありがとうございます。なんだか、気持ちがすっきりしました」

「いえいえ。こちらの方こそ」

和やかな空気に、インターフォンの音が割って入った。

瑞樹たちが帰ってきたらしい。

「おかえりなさい」

「先生に差し入れ。シュークリーム……」

大胆な足音が近づいてくる。狭山の存在にはまだ気付いていないようだ。瑞樹が朝陽を抱いて部屋に入ってくるなり、得意げに渡してきた。それは莉央の好物だった。

「ありがとうございます」

「って、なんでマネージャー？」

狭山の姿を目にした途端、瑞樹は眉をひそめた。

「お邪魔しているわ」

「まさか……白昼堂々と浮気か？」

朝陽がじたばたするのでおろしてやりつつ、胡乱な視線を向けてくる。

「ええ？」

まさかそんなことを言われるとは思わず、莉央は狼狽える。

しかし即座に狭山が否定した。

「あのね、そんなわけないでしょう。ちょっと話をしていただけよ」

「わざわざ先生のところに押しかけて？」

疑惑はすぐには晴れなかった。瑞樹は怪訝な顔をしていた。

「あなたの許可なしに、先生とお話しちゃだめっていうことはないでしょう？」

「ははぁ。わかった。そういうことか。孫だけじゃなくって嫁もかわいくてしょうがないんだな。おばあちゃんは」

やれやれと、瑞樹が頭を振った。

「誰がおばあちゃんですって」

狭山が瑞樹を非難すると、朝陽が手を叩いた。

「ばぁば、ばぁあ」

「ちょ、あっくんったら」

莉央は焦った。

ばぁば、じぃじなどの幼児語をいつの間にか覚えていたらしい。

瑞樹が教えたのかもしれない。

「そうそう。ばばぁな」

なぜか誇らしげに瑞樹がそう言った。

「ちょっと瑞樹。いくらなんでも、ばばあはないでしょう？　ばばあは！」

狭山も聞き捨てならなかったらしい。さすがに反論する。

朝陽は連呼をやめないし、瑞樹はさらに煽るし、狭山の言葉など聞こえていない。

三者三様の状況がツボに入り、莉央はとうとう噴き出してしまった。

「あはは」

可笑《おか》しくて笑いが止まらない。

しばらくそうして莉央が腹を抱えて爆笑していると、三者が揃って莉央の方を振り返った。

「え、っと……失礼しました」

莉央は思わず咳払いをし、口元に手をやった。

「いいえ。ただ、和泉先生って笑うと、可愛いなと思ったんですよ」

狭山が微笑ましいといったふうに表情を崩す。

「そんなの、俺はもうとっくに発見してる」

またもや誇らしげに瑞樹が言う。

「あらあら。やきもちやきのパパは困りましゅねー」

先ほどの「ばばあ」発言の逆襲といわんばかりに、狭山があてつけのように言い、朝陽をあやす。それに対して、瑞樹はきまりわるそうな顔をしていた。

「ほら、いい加減に先生の邪魔するなよ。子育ての時間も、仕事の時間も、一分一秒が貴重で、両立するのは大変なんだからな」

追い出すように瑞樹が催促すると、狭山は「そうね」と、かしこまった。

「和泉先生、お仕事中お邪魔しました。先生とお話できてよかったです」

「はい。僕も」

笑顔で挨拶を交わし、玄関先で狭山を見送ったあと、莉央は瑞樹の方を振り返った。

じっと見つめてみると、瑞樹は首をかしげた。

「何、莉央……」

莉央は衝動的に、彼にキスをした。

瑞樹のことが愛しくてたまらなくなったのだ。

驚いた瑞樹が奇襲を受けた唇の感触を辿るように自分の唇に手をやる。

彼の頬がほんのり朱に染まっていく。しかし彼以上に顔が赤くなっている自信が莉央にはあった。

「ささて、あっくん、おてて洗っておやつ食べようね」

ごまかすように莉央は朝陽の側に行こうとしたのだが。

「ちょっと待った」

「ドーナッツもありますよ。瑞樹くんは、どっちから食べる？」

「じゃなくて、キス逃げはずるいんじゃねーの」

瑞樹が莉央の腕をつかみ、手早く唇を奪った。

朝陽が見ていない隙に、ちゃっかりとしている。

「お返しはちゃんと受け取っておけよ」

悪戯っぽく囁き、瑞樹がにっと笑った。

「……はぁ。仕返ししてくると思ったけれど」

「いやいや。これだけじゃ全然足りねぇんだけど？」

瑞樹がそう言い、じりじりと莉央に迫ってくる。

「ちょ、今はもうだめ……」

そんなやりとりをしていると、足元に軽い衝撃を食らう。

「いでっ」

見れば、むすうっとした朝陽がふたりを見上げていた。

「まぁ！　ぱぱっ。あっくんもぉ」

「わーごめん。仲間はずれにしたわけじゃないよ」

「そうだ。ラブラブしてたんだ」

「らぶ、らぶ？」

朝陽はきょとんとした首を傾げた。

「そーラブラブ」

瑞樹が抱き上げると朝陽はちょっとだけ機嫌が直ったものの、ふたりの様子をなにやら気にしている様子だった。

なんだか聴いている方が恥ずかしいのだが。

瑞樹と目が合い、彼の考えていることが伝わってきた。

次の瞬間、瑞樹と莉央は朝陽の頬にそれぞれキスをする。

すると、くすぐったそうに朝陽は身をよじってじたばたした。

「ほら、ラブラブラブだな！」

朝陽は「きゃあ」と声をあげた。たちまちご機嫌を回復したらしい。真似っこをしたがる朝陽から、莉央も瑞樹もちゃかりお返しをもらうことになったのだった。

それはお土産のスイーツよりも甘いご褒美だったかもしれない。

その後、狭山がくれたドーナッツとお土産のシュークリームを広げ、みんなでおやつを食べていたときだった。

再びインターフォンが鳴った。

「誰だろう？　来客が多いな」

といっても、莉央のところを訪ねてくる人間はほとんどいない。

仕事関係はメールや電話で済む話だ。友人がこんな日中に突然やってくるはずもなく、残すところは訪問販売くらいしかない。

「マネージャー、なんか忘れ物でもしたんじゃないか」

しかしインターフォンの画面に姿を見せたのは、狭山ではなく別の知らない女性だった。年齢は、二十代前半くらいだろうか。

「訪問販売っていう感じでもないですね」

莉央と瑞樹は思わず顔を見合わせた。

もしかして――。

「はい。ちょっと待ってください。すぐにいきます」

応答してから、莉央は衝動的にドアを開いた。

彼女は驚いた顔をして、慌てて頭を下げた。

「突然すみません。実はさっき……その、子どもの姿が見えて、こちらに入っていったようだったから」

間違いない。

「あなたは、朝陽くんのお母さんですか？」

莉央が問いかけると、彼女はこくりと頷いた。

そして、うしろにいた瑞樹が、「レナ」と声を上げたのだった。

＊　＊　＊

朝陽をお昼寝させてから、三人は話をすることになった。急に母親が顔を見せても、朝陽が混乱するだけだろうと判断したのだ。

莉央は三人分のコーヒーを淹《い》れながら、彼女の疲れきった顔と、瑞樹の困惑した様子をそれぞれ窺った。

彼女の名前は吉岡レナ。繁華街の飲食店で働いている女性らしい。瑞樹とは仕事仲間と飲みにいったときに知りあったという。瑞樹が前に心当たりがあるといっていた人物の中に彼女も入っていた。しかし連絡が取れない上に、他の男と暮らしているという話を知り合いから聞いて、候補から外していたのだという。彼女は母親である証拠に、母子手帳を見せた。

小さなテーブルを囲んで、コーヒーの湯気が漂う中、莉央は彼女に事情を問うた。

「あれからまもなく二ヶ月です。数日ならまだしも、どうして今の今まで放っておいたんですか」

彼女にも何か事情があったかもしれないし、話を聞くまではなるべく冷静に問いかけようと努めたつもりだが、朝陽のことを想うと、簡単には許すことはできそうになかった。

「それは……」

レナは言葉を詰まらせ、おずおずと瑞樹の方を見た。

「瑞樹なら、気付いてくれると思ったから。きっと大丈夫だって思ったから。勝手に安心していたんです」

はぁ、と瑞樹がため息をつく。

「俺はそんなに信用ある男か。第一、気付いたのは、隣に住んでたこの人だ。この人が見つけてくれなきゃ、ずっと朝陽は泣いたまま……最悪、階段から落ちて怪我をしてたかもしれねーし、他の誰かに誘拐されてたかもしれないんだぞ。そういう想像しなかったのか？」

瑞樹が淡々と責めると、レナは瞳に涙を溜めた顔を上げ、悔しそうに唇を噛んだ。

「だって、瑞樹のことが好きだったのに、少しも相手にしてくれないから……だから私っ」

前のめりになるレナの言葉を、瑞樹は即座に遮った。

「で？　実際どうなんだ。俺の子ってわけじゃないんだろ」

レナは渋々とだが、こくりと頷いた。

「なんでそんな嘘つくような真似したんだ」

「瑞樹のせいよ」

「だから、なんで俺のせいなのか、理由を聞かせてくれ」

「最初は……寂しくて、適当に相手してくれる人と関係を持ったの。そしたら、一回でも二回でも大したことないやって思うようになった。それから、だんだんどうでもよくなっちゃって、色んな人とそういうこと続けてた。ある日ずっと生理がきてないことに気付いて、妊娠してたことがわかった。あたしは混乱したわ。誰の子かわからなかった。父親を調べたくても、妊娠の話をしたら男は逃げるの。そしたら腹が立ってきたわ。元々、あたしがこうなったのは瑞樹のせいだって。だから、もういっそ、ぜんぶ瑞樹に押し付けてしまおうって……」

「そんなことって……あんまりじゃないですか」

莉央はとっさに口を挟んでしまった。男の身勝手さに腹が立つ気持ちはわかる。だが、瑞樹のことや、朝陽のことを考えたら、彼女のしたことは許されない。

心細そうに泣いていた朝陽の顔は今でもはっきりと思い出せる。

まさか母親に置いていかれるなんて思いもしなかっただろう朝陽の心情を考えたら、また胸が苦しくなってくる。

「それでも！　あの時は、そうするしかなかったの」

レナは必死にそう訴《うった》えた。

一方、瑞樹はやりきれないといったふうに髪をくしゃりとかき混ぜた。

「おまえが追い詰められてたってことはわかった。けど、朝陽のこと考えたら同情なんかできねぇよ。この人が見つけてくれなかったら、今ごろどうなっていたと思うよ？」

「わかってる。勝手な言い分だって。ニュースを見てたらだんだん怖くなってきちゃって、早く迎えに行かなきゃって思えば思うほど足が竦《すく》んで……遠のいてしまっていた。あの子の顔を見る勇気がなかった。ごめんなさい……」

レナは涙をこぼしながら頭を下げた。

三人の間に、沈黙が降りる。

彼女はしゃくりあげるように涙を啜って、すやすやと寝ている朝陽の方を見た。

「とにかく、お母さんに迎えにきてもらえたなら、よかった……んだよな」

莉央はホッとため息をついた。と同時に、喪失感に苛まれ、脱力してしまう。朝陽は瑞樹の子ではなかった。母親が朝陽を迎えにきた。疑似家族のタイムリミットはもうすぐなのだ。

「あんたは、人が良すぎ。なんかもっと言ってやりたいこととかねぇの」

呆れたように瑞樹が言う。

「大事なことじゃないですか。いつか迎えにきてくれるって信じてたんです。朝陽にとっては何より幸せなことだろうから」

胸にこみ上げた寂しさを抑えながら、莉央は朝陽の幸せを願い、彼女に微笑みかけたのだが。

彼女は後ろめたい表情を浮べ、再び俯いてしまった。

「レナ、さん？」

「そのことだけど、後味が悪くなるし、面倒を見てくれたあなたたちにはちゃんと言っておくわ。私はこの子に愛情を持てる自信がないし、ひとりで育てていく自信もない。だから、この子は……どこかの施設にでも預けるつもり」

「そんな。レナさん、待ってください」

莉央は慌てて彼女を引き留めようとしたのだが。

「ごめんなさい。朝陽は連れていきます。もうご迷惑はおかけしません」

彼女は寝ている朝陽をむりやり抱き上げようと手を伸ばす。

突然起こされた朝陽は驚いた顔をしたあと、不安に駆られたようで、表情を強張《こわば》らせた。

「待っ」

莉央は朝陽のことが心配になり、とっさに止めようとした。

しかし側にいた瑞樹の行動の方が早かった。彼女の腕から朝陽を強引に奪い返した。

「ちょっと、瑞樹」

「だめだ。こいつは置いていけ。連れていくな」

剣呑《けんのん》な視線を向ける瑞樹に、レナは一瞬怯む。しかしすぐに激昂した。

「な、何言ってるの。意味わからない。この子を勝手に置いていったのは母親の私よ。あなたたちだって困ってたんじゃない。責任を持ってこの子の行く先を決めないといけないでしょう？　でも育てられないなら仕方ないじゃない。お世話になったことは感謝しているわ。でも、他人のあなたたちがそれ以上は口を出す問題じゃないでしょ」

「責任のとり方が違うだろ。それに、今さら他人ぶるつもりはねーよ」

「え……？」

　レナの混乱を尻目に、莉央は瑞樹の真意を窺った。

「俺たちはたしかに朝陽の母親が戻ってくるのを待ってたよ。莉央が言ったように、こいつの幸せは、本当の母親の側に帰すことだと思ったから」

「だったら！」

「でも、違う。この二ヶ月近く、俺たちだって朝陽と向き合ってきた。一緒に暮らして、甘えるようにもなってくれた。朝陽にとって、いなくなった母親の代わりに現れた男二人に手を伸ばすのは、大きな勇気だったと思う。そうじゃないと生きられないって本能で思ったからじゃないのか？」

　瑞樹の言葉を受けて、莉央は交番に朝陽を連れて行ったときのことを思い返していた。

　必死に抵抗して、莉央と瑞樹に縋ったのは、ただぐずっていたのではなく、守ってほしいという精一杯の本能だったのかもしれない。

（瑞樹は……そんなふうに、感じていたんだ）

「なあ、そんなふうにして、やっと安心できる場所を見つけたのに、またこいつは知らない場所に放り出されるのか？　一度ならず二度も裏切られて、辛い思いをしていかなきゃなんないのか？　いつか大きくなったらそのことに気付いて、きっと苦しむ。これからずっと、下手したら……一生、ずっとだ」

レナは震えていた。瑞樹が言いたいことを理解したのだろう。

彼女のしたこと以上に、これからしようとしていることも朝陽にとって残酷だ。

一方、彼女にも事情がある。子育てが大変なことは、一緒に過ごしてみたからこそ莉央にも理解できる。彼女にとっては期間限定ではない、一生の問題になる。そこに他人が立ち入ることはできない。

そう、他人のままだったら、何もすることはできない。

（他人じゃなかったら？）

莉央は瑞樹を見つめた。

きっと彼も同じ気持ちでいてくれているはずだと確信した。

三人で家族にならないか、と。

瑞樹が以前に言ってくれた言葉を、莉央は反芻する。

そして、その大切な言葉をあらためて受け止めていた。

「朝陽くんを、僕たちの家族として迎えさせてもらえませんか」

「え……？」

レナはわけがわからないといったふうに莉央と瑞樹を交互に見る。

続いて、瑞樹が口を開いた。

「あれからずっと二人で協力して子育てしてきたんだ。朝陽も俺たちに心を開いてくれてるし、少しずつだけど、家族の形ができあがりつつある。今さら突き放して、朝陽を悲しませることはしたくない。もう、とっくにこの子のことが可愛いんだよ。俺たちは」

瑞樹はきっぱりとそう言い切り、朝陽の髪を撫でた。

レナの表情が嫌悪に歪む。

「……本気？　一時的に一緒にいて情が湧いただけなんじゃないの？　いつか、恋人ができたときどうするの。私と同じように朝陽をどこかに出て行かせるつもり？」

「それはない。俺たちの子どもとして育てるよ」

「まさか。二人はそういう？」

レナは驚いて瑞樹を見た。その眼差しには戸惑いの他に軽蔑《けいべつ》の色も含んでいる。

瑞樹は無言のまま、否定をしなかった。だから代わりに莉央が答えた。

「家族というのは、血の繋がりとか、そういう枠に当てはめたものではなく、お互いが家族でありたいと願う人と一緒にいることこそが大事なんだと思うんです」

しばらく沈黙が流れた。

朝陽は相変らず彼女を警戒し、瑞樹と莉央から離れようとしない。

「俺たちは本気だよ。責任を持って、愛情を持って、育てていく。だから、許可をもらえないか」

瑞樹が言った。莉央も頷く。

瑞樹と莉央にしがみつくようにしている朝陽の様子を見た彼女は、脱力したように肩を落とした。

「母親失格の私が、何かを言えた立場じゃないわよね。どっちにしたって、この子は施設に預けるつもりだったんだもの。少しでも愛情を持っていて、幸せにしてくれる人が見つかったなら、それが一番だから――」

そう言い、朝陽を見つめる眼差しには、僅かに母としての愛が宿っているように見えた。

それから――。

事務的な手続きなどの相談はまた後日改めようということで解散になった。

レナが帰っていったあと、瑞樹の方の部屋へ移動すると、朝陽はやっとほっとしたようで、莉央や瑞樹に甘えるようにくっついてきた。

彼女の様子を思い出し、莉央は喉元にたまる苦いものをゆっくりと流し込むようにして、ため息をついた。

「少しだけまだ、これで良かったのかなという気持ちはあります。朝陽のことを考えると。僕は、母親の代わりに面倒を見ることはできても、本物の母親にはなれないんだから」

少しでも長く本物の母親と一緒にいられる時間を作るべきなのか、それとも子どもを欲しいと思っている夫婦に里子に出すべきなのか。そして、本当に自分たちでいいのだろうか、と。

「それは俺も一緒だよ。けど、これから最善の道を見つけていこうぜ。まずは、三人で一緒に家族になるって決めたことが大事なんだ。ここからはじめよう」

瑞樹にそう言われると、大丈夫だと思えてくるから不思議だ。

いつの間にか、莉央にとって瑞樹はそれほど信頼できる相手になっていたということだ。

「うん」

「ありがとうな。受け入れてくれて」

瑞樹の手が莉央の頬をそっと包んだ。

「僕の方こそ。色々考えてくれて、ありがとう」

お互いに見つめ合い、微笑みを交わす。

それから、お互いに顔を近づけて、キスをしようとしていたときだった。

瑞樹の膝の上にいた朝陽が突然立ち上がり、朝陽の頭が瑞樹の顎に炸裂《さくれつ》する。

がきっと妙な音がして、莉央は青ざめた。

「朝陽っだいじょうぶっ？」

朝陽の頭を心配して撫でてやったのだが、当の本人はけろっとしていた。

「って！　今、マジで星が見えたぞ」

涙を流していたのは、瑞樹の方だった。

相打ちかとおもいきや、朝陽は思いのほか石頭だったらしい。

「きゃははは」

朝陽は思いっきり笑い転げている。

あまり見られない瑞樹の情けない姿が面白かったらしい。

「あははっ」

莉央もつられるように笑ってしまった。

しばらく悶絶していた瑞樹が、むくれてしまった。

「おまえらなぁ。よーっし。くすぐりの刑だ。ほーら、覚悟しろっ」

猛獣と化した瑞樹が朝陽のわきばらをこしょこしょとくすぐり、莉央の方に逃げていく
朝陽ごと、瑞樹は抱きしめてきた。

「きゃあああ」

「わっ。あぶないったら」

「受け身は俺の上でとれ」

そういって、瑞樹が布団の上にあおむけになった。

「なんですか。それ」

「やぁ！　とうう！」

朝陽が瑞樹に体当たりをしようと真似をする。

「そうだ。朝陽。逞しくなれよ」

「やんちゃな獣が増えると、困るんですけど？」

「きゃははは」

「いいぞ、笑え笑え」

「きゃはは！」

いつかの日、泣き声が響いていた部屋の中に、明るい笑い声が響きわたる。

今後のことは色々と考えなければならない問題が山積みだ。

けれど――。

いつか今日決めたことが、よかったと思える日が来ますように。

＊
＊
＊

ジングルベル、赤鼻のトナカイ、恋人はサンタクロース、きよしこの夜……街中の至るところからクリスマスソングが流れてくる。

歩く人は皆楽しそうに声を弾ませ、彼らの足どりはどこか浮かれている。煌びやかなネオンがそれを手伝うように瞬いていた。

そんなある日、莉央はテレビ局を訪れていた。

原稿をめくる手と、プロデューサーの表情にドキドキしながら、莉央は祈る想いで手を握った。

「ＯＫ。これでいきましょう」

その声を聞いたとき、莉央は思わず立ち上がりそうになった。

同席していた出版社の担当編集も嬉しそうに拍手していた。

「ありがとうございます！」

今なら、サンタクロースになって世界中を旅してもいいと思えるくらい、最高の気分だ。

長いスランプの末、件のホームドラマの脚本を一気に書き上げたあと、今日の打ち合わせでようやく良い返事をもらうことができたのだ。

まずは一歩前進。これから瑞樹と朝陽と一緒に家族になるための、幸先のよいスタートになればいい。

そんな莉央の頭には、朝陽のこと以外に、瑞樹と瑞樹の家族のことが常に在った。

勘当されて以来、ずっと会っていない。いつかは自分のやっている俳優の仕事も、同性しか愛せないことも、認めてもらいたいと瑞樹が言っていたことを。

「それで、実はこの配役、当て書きをしたんですが――」

莉央は思い切ってプロデューサーに相談することにした。当て書きとは、あらかじめ演じる俳優を想定し、脚本を書くことをいう。

「ほお、当て書きですか」

プロデューサーは興味を示したらしく、眼鏡の奥の瞳を光らせる。気が変わったなどと言われないか、莉央は緊張しつつ提案をした。

「できたら、主演を黒沢瑞樹さんにお願いできないでしょうか」

すると、プロデューサーは原稿を再びめくって思案する顔つきになる。

「黒沢くんか。うん、いいんじゃない？」

「本当ですか？」

莉央は思わず前のめりになる。

そんな莉央の様子に、プロデューサーはははっと豪快に笑った。

「配役はまだ考えてなかったけど、どちらにしてもオファーは出そうと思ってたから。今、一押しの俳優さんだしね。当て書きの件、監督にも伝えておくよ」

「ありがとうございます」

莉央は何度も頭をさげた。

するとプロデューサーは意表を突かれた顔をした。

「なんだか、脚本の返事よりも嬉しそうだね」

「あ、すみません」

柄にもないことをしてしまっていたかもしれない。仕事ではあまり素を出すことがないというのに。

「いやいや。嫌味のつもりとかじゃなくてね。先生、もしかして黒沢瑞樹くんのファンなんですか？」

「……はい。僕の一押《いちお》しというか、最推《さいお》しですね」

「最推しか。それ、いい言葉だね」

「はい。とても魅力ある役者さんだと思っています」

今ごろ千秋楽《せんしゅうらく》の打ち上げをしているだろう瑞樹を思い浮べながら、莉央は笑顔で答えたのだった。

＊＊＊

『瑞樹。どうしたの。あなたから急に連絡よこすなんて』

久しぶりに電話越しに聞こえた母親の声は、なんだかひどく懐かしく感じられた。

「急に連絡って。そっちはちょこちょこ探りに連絡入れてくるくせに」

瑞樹は気恥ずかしさを隠すように、軽く反発する。

そう、度々母親からは連絡をもらっていた。

それなのに、こういう郷愁《きょうしゅう》のような想いに駆られるのは、今ある特別な環境の影響だろう。

『それは、あくまでお父さんと瑞樹の間の話であって、お母さんはどちらもの味方だもの。近況が気になるのは当たり前でしょう？』

母の声には気遣いの色がにじんでいる。

「ああ。ありがとうな」

『それで？　縁談の話は、どうするつもり？　お父さんが気にしてたわよ』

「そのことだけど、断ってほしい」

『またお父さんにあれこれ文句言われそうね』

「実は、結婚したい人がいるんだ」

『本気で言っているの？』

「本気だよ」

電話の向こうが静かになった。

何かを察したらしい。

『……瑞樹、お願いだから、お父さんをあまり驚かせるような真似はしないでね』

察しのいい母親は薄々気付いている。

けれど、カミングアウトしたことは一度もない。

「驚くかもしれない。けど、後ろめたいことなんて何もないからな。それと、孫が増えるからよろしくって伝えておいてくれ」

『え？　孫？　どういうこと。瑞樹、だって、あなた――』

「とりあえず、メリークリスマス。年明けにまた連絡するよ」

瑞樹は強引に通話ボタンを切り、それから莉央の笑顔を思い浮かべた。

＊　＊　＊

テレビ局を出たあと、莉央は朝陽と瑞樹のクリスマスプレゼントを選ぶためにショッピングビルをぶらぶらしていた。

気分は最高だった。久しぶりにこんなに浮かれているかもしれない。買い物がこんなに楽しいと思ったのは一体いつぶりだろうか。大切な人へのプレゼント選びは、よりいっそう莉央の胸を高鳴らせていた。

あれこれ見ては悩んで、その繰り返しの末、瑞樹にはレザーのキーケースを、朝陽には知育グッズを選んだ。

（気にいってもらえますように）

驚く顔や喜ぶ顔を想像したら、顔がにやけてくる。

今夜はこれからクリスマスパーティーの準備がある。ケーキは予約していたものを受取って冷蔵庫に入れてあるし、料理の下ごしらえは朝のうちに済ませてある。三人でクリスマスツリーの飾り付けをする予定だ。

その前にラッピングしてもらったプレゼントを一旦自宅に置いたら、莉央は瑞樹の元へ向かわなくてはならない。

瑞樹は現在、千秋楽を迎えた舞台の打ち上げパーティーに参加している。その間、マネージャーの狭山が朝陽のことを見てくれているのだ。

自宅に到着次第タクシーを呼んでホテルに向かうと、ロビーに瑞樹の姿が見えた。莉央が到着するのをわざわざ待っていてくれたらしい。こちらに手を振ってくれる。

しかし上品なスーツ姿の瑞樹を見て、莉央は首を傾げた。カジュアルな打ち上げをイメージしていたのだが、ホテルを使うぐらいだし、それなりにかしこまったパーティーだったのだろうか。

「お疲れ様です。打ち上げの方はもういいんですか？　それから、朝陽は……？」

小走りで駆け寄った莉央は、瑞樹の肩越しに朝陽の姿を探す。どこにもちびっこの姿はない。

「それなんだけど、莉央、これから少し時間をくれないか。マネージャーに話をして、朝陽はもう少し面倒見てくれるってことになったんだ」

「僕はいいですけど、狭山さん、いつも面倒見てもらって悪いですね」

三人で家族になろうと決めてからも、結局、頼りにしていることを、莉央は申し訳なく感じていた。

養子縁組の手続きを終えて保育園に入園が決まるまでは、まだまだ頼りにしてしまうことがあるかもしれない。彼女の温情には感謝してもしきれない。

「大丈夫。喜んでるからいいんだよ。朝陽の祖母になったつもりでいるから気にしないでくれって伝言。今ごろ、たっぷり甘やかしてるよ」

瑞樹がおどけたふうに言う。その光景が目に浮かぶようで、莉央はふっと笑う。

「心強いですよね。そういってもらえるのはありがたいです」

こっちきて、と瑞樹が莉央の手を引く。これからふたりでどこに行くつもりなのだろう。ますます疑問は深まる。

「あの、ところで、なんでスーツ着てるんですか？」

「あんたも着てるじゃん」

瑞樹はそう言って笑った。

「僕は、今日打ち合わせだったから」

といっても、就活用とまではいかないが、ただのシンプルなビジネススーツだ。瑞樹のような華やかさのあるお洒落《しゃれ》なものとは比べ物にならない。

改めて手足が長いし、顔は小さくて整っているし、今日も推しはいちだんとかっこいいな……と見惚れてしまう。

「俺は、これから大事な話があるから」

「大事な話……？」

「ああ」

瑞樹はホテルの応接間のような部屋に案内し「少し待ってて」と、莉央の傍を離れた。

（なんだろう。大事な話って……）

ひょっとして、新しい役が決まったとか、そういうことだろうか。

推しの活躍が増えるのは、とても嬉しいし、楽しみでドキドキする。

とっさに、さっきの打ち合わせの内容を話してしまいたくなる。

もちろん守秘義務があるから、当て書きのことは言えないが、もし今後瑞樹の事務所にオファーがあったら、彼は喜んでくれるだろうか。

そんなことを考えて待っていると、それから程なくして、瑞樹は戻ってきた。しかも彼は両手いっぱいの花束を抱えている。クリスマスにぴったりの赤い花だった。

「お待たせ」

瑞樹が近づくと、ふわりと甘やかな香りが漂った。視界が情熱的な深紅色いっぱいに占められていく。

「すごく綺麗な花束。どうしたんですか」

「日頃より感謝を込めて」

紳士然として畏まったふうに振舞う瑞樹に首を傾げる。

「え、もうクリスマスパーティー突入？」

戸惑う莉央を見て、瑞樹はふっと笑う。

「いや、まだ。これは実は打ち上げでもらった花なんだ。せっかくだから家に飾ろうと思ってな」

「そっか。花瓶を準備しないとね」

「俺が本当に渡したかったのはこっち」

瑞樹がそう言い、ポケットから手品のように取り出したのは、二つ折りの箱だった。

彼が開いて見せた中央の台座には、ふたつのリングが上品に並んでいた。きらきらと夜空の星のように輝いていて、思わず見惚れた。

「莉央、こっち向いてくれ」

莉央は弾かれたように顔を上げる。

真剣な顔をしてこちらを見ている瑞樹と目が合い、どきりとした。

「俺と、結婚してほしい」

「……………っ！」

莉央は突然のことに混乱しつつ、瑞樹の顔を見る。

彼は少しもふざけてなどいない。

「パートナーとして生きていく。家族になる。そう決めたからには、けじめをつけたいんだ。ちゃんと俺の真剣な想いを伝えておきたかった」

「うん……」

瑞樹の誠実な想いに胸を打たれ、莉央は涙をこらえるのだけで精一杯だった。

瑞樹はこんなにも真剣に考えていてくれた。そんな彼の想いに応えたいと思うのに、曲がりなりにも脚本家のくせに、気の利いたセリフや愛を込めたフレーズのひとつさえ思い浮かばない。

ただ、胸が苦しいくらいに、目の前の彼が愛おしくてたまらない。それが、莉央の答えだった。

何かを言おうと唇を動かす合間にも、涙は目尻を伝って、頬を濡らしていく。瑞樹がやさしく涙を拭ってくれる。

「それはイエスってとっていいんだよな？」

問いかける声色は甘く、恋人を慮るやさしさに満ちていた。

だから、ますます泣けてきてしまう。

「待って。僕も、ちゃんと……伝えたいって思ってるのに、うまく……言葉が出てこなくて……」

「それが、嬉し涙なんだってちゃんと伝わってくるから、いいよ」

瑞樹は言って、花束ごと莉央を抱きしめた。

「あ、待って。誰か、が……」

もしも関係者に見られでもしたら……と心配になったのだが。

「今さらだろ。人の目なんてもういい。たとえ、好機の目で見られたとしても、あんたと一緒ならいい。ふたりで朝陽を一緒に育てて、幸せになりたい。そう決めたから、俺はあんたにプロポーズしたんだよ」

瑞樹の腕がぎゅっと強まる。彼にそこまで言われたら、もう目の前の人のことしか考え

られない。

「好きだ。莉央。これからも俺と一緒にいてほしい」

視線は交わったまま、甘い囁きが鼓膜を揺らす。

「……瑞樹」

胸の中に彼への想いがどんどん降り積もっていく。どんなふうに語れば、彼にこの想いを余すことなく伝えられるだろう。

「いつか年をとって、朝陽が独り立ちして、ふたりきりになって、それでもきっと莉央となら、朝陽と一緒に楽しくやっていけると思う?」

瑞樹の澄んだ眼差しを見つめ返し、莉央はゆっくりと想いを整理する。

「僕も、あなたと同じ気持ちです。あなたと生きていきたい。瑞樹と朝陽と一緒に、これから先もずっと、大切なことを見逃さずに……過ごしていきたい」

「よかった」

瑞樹は破顔して、莉央を改めて抱きしめる。

いつも大人っぽい彼がただでさえ素敵なのに、喜ぶ姿はまるで少年のようで、胸がくすぐったくなった。

「誓いの証《あかし》に、指輪を交換しよう」

「うん……」

ふたりはお揃いの指輪を嵌め、見つめ合った。

なんともいえない幸福感に胸が高鳴る。

ただ一緒にいるだけでも幸せだけれど、お互いがお互いを束縛し合える喜びはまた別のものだ。

「きっと、指輪を見るたびに、今日の日のこと思い出しますね」

「今日だけじゃなくて、いつも……だろ」

いつも側にいる。お互いがなくてはならない一部。

「そっか」

「……そうだよ」

瑞樹が莉央の手の甲にキスをする。まるで王子様みたいだ。整えた髪も、素敵なスーツも、照れ隠しの花束も……この指輪も。プロポーズのために瑞樹が用意してくれた、その想いすべてが尊くて、愛おしい。

「嬉しい。ありがとう」

感動のあまりに声が震えて、上手に言えた自信はない。なんだか泣き笑いみたいになってしまったかもしれない。

「莉央……」

瑞樹が近づく。彼の瞳が揺れていた。

莉央は瞼を閉じて、彼のくちづけを受け入れようとした。

その時だった。突然、どこからともなく拍手が溢れ、莉央はぱちっと目を見開いた。

「えっ……何」

「サプライズに皆協力してくれたから」

瑞樹がいたずらっぽくウィンクする。

見れば、朝陽が狭山と一緒にやってくるではないか。

朝陽の手にはなぜか二輪の赤い薔薇のブーケが持たされていた。

一体何が起きたというのか。サプライズの連続に、目に浮かびかけていた涙が引っ込む。

「プロポーズ大作戦、大成功！」

狭山が拍手する。彼女の側にいた朝陽が、瑞樹と莉央を見つけて、ぱあっと花を開かせるように笑顔になった。

「まぁま、ぱぁぱ！」

二輪の可愛い花を届けるため、勢いよく駆けつけてくる小さなサンタクロースを、瑞樹と莉央は揃って抱きしめた。

＊
＊
＊

聖なる夜。クリスマスツリーの飾りつけをし、料理とケーキを楽しんだあと、莉央は瑞樹と一緒にサンタクロース役を演じた。

歌をうたったり、ケーキを食べたり、ひとしきりはしゃいでいたかわいい我が子は、今すやすやと眠りに落ちていった。

きっと今ごろ、サンタクロースがプレゼントを持ってくる夢を見ているかもしれない。

一段落したところで、莉央と瑞樹はワインを開け、ふたりの時間を楽しんでいた。

テーブルの上には瑞樹が贈ってくれた指輪の箱と、莉央がプレゼントしたキーケースが並んでいる。

薬指を眺めていると、プロポーズの光景が蘇ってきて、胸が熱くなる。

「まさか、プロポーズされるとは思わなかったし、瑞樹にばかり頑張らせてしまいましたよね」

こんなことなら、もっと素敵な贈り物の方がよかっただろうか、と地味なプレゼントの選択を悔やむ。

「今さら何言ってるんだよ。俺はあんたが喜んでくれて嬉しかったし、それで充分なんだよ」

瑞樹はなだめるように莉央の髪をくしゃりと撫でた。こういうときの彼は年下ということをまったく感じさせない。それがなんだか悔しい。

「で、でも、それじゃあ気が済まないというか」

「心配しなくても、別のところで頑張ってもらうから」

瑞樹はそう言い、莉央の唇をちゅっと塞ぐ。

彼のやたら色っぽい流し目にどきりとした。とんでもない反則技だ。

一回じゃ物足りないと、彼が迫ってくるので、莉央は思わず仰け反ってしまった。

「み、瑞樹、いつもより酔ってるでしょう?」

しかし瑞樹は莉央の手をとっさに掴んで離さない。

「そりゃあな。すげーいい気分だし」

瑞樹は豪胆な笑顔を見せた。

指を搦めとられ、爪の輪郭をなぞられる。自分とはまた違う骨格を持つ好きな人の手が愛しい。

　隣に座っているのに手を繋ぎ合っているなんて、まるで本当にラブラブな恋人同士だ。否、もちろんそうなのだけれど、もの凄くくすぐったくて、顔が見られない。

　顔が赤くなっているのはお酒のせいということにしておいてほしい。莉央はそんなことを内心思っていた。

「莉央も、仕事うまくいってよかったな」

「うん。ありがとう。まずは第一歩ってところですね。脚本の執筆はまだ続きますし、これからですけど」

　脚本といえば、莉央はもう片方の手でワイングラスを揺らしながら、瑞樹と出逢った日のことを振り返った。

「まさか、あの最悪な出会いがこんな風になるなんて想像もしてなかった。なんだか笑っちゃいますね」

　一文字も進まなかった徹夜明けのボロボロの姿で玄関を開けたら、ギャン泣きしているリュック姿の男の子を見つけて。

　なんて薄情な親なんだと隣人のドアを叩いたら、のっそり出てきた寝不足そうな粗野な男に引っぱり込まれ……。

それが、推しの俳優だったなんてありえないと思ったし、一緒に子育てすることになったことにもびっくりだし、こうして家族になると決めることになるなんて。誰が想像できただろうか。

ははっと、瑞樹は笑う。

きっと同じ光景を思い出しているのだろう。

「過去の自分に会ったら、とりあえず髭はそっておけ。そいつは将来パートナーになるやつだから、逃さないようにしろよって言うかな」

瑞樹はそう言い、隣の部屋ですやすやと眠っている天使……朝陽のことを見て微笑んだ。

その表情には父親としての責任や愛情がしっかりと備わっているようだ。

それが嬉しくて、莉央は胸がじんわり熱くなるのを感じていた。

「朝陽、プレゼント喜ぶといいな」

「うん」

皆で飾り付けた小さなクリスマスツリーの下に、莉央が選んだあのプレゼントが置かれている。

朝起きたあと、はしゃぐ朝陽の姿を思い浮かべるだけで、今から楽しい気分になってくる。

カーテンの隙間からちらりと見える窓の外には、ちらちらと淡い雪が舞う姿が確認できた。

東京は今夜が初雪と言われていたが、予報通りだったようだ。

「夏が終わったと思ったら、あっという間に冬かぁ。これから年が明けて、あったかくなったら引っ越し先を決めて、色々手続きをしたり、保育所のことも考えたり、していかないとですね」

莉央がワイングラスを置いて、あれこれ指折り数えていると、その手を瑞樹が止めた。

「その前に……やることあるだろ。そろそろふたりの聖なる夜をはじめてもいいんじゃないか？」

瑞樹の誘惑にどきりとする。

やはり、キスだけでは終わらない予感がした。

もちろんプロポーズのこともあるし、そうなることも全く期待していなかったわけではないが、心の準備というものがある。

「み、瑞樹、待って。やっぱりかなり酔ってるんじゃ……大丈夫？」

少しだけ時間稼ぎを試みてみるものの、通用しなさそうだった。

「ほろ酔いはしてる。けど、そんなに飲んでないし、酔ってる気分なだけだから。莉央だってそうだろ？」

「たしかに。今日は気分だけで、どれだけでも酔えそうな感じで……」

だからこそ、醜態をさらしてしまうのではないかという不安もあった。彼に愛されると、底なしに感じてしまうのだから。

「何を不安に思ってるんだ」

瑞樹が顔を覗き込んでくる。

「……色々と」

「莉央、俺は、あんたの全部が欲しい。そう思ったから、プロポーズしたんだ」

「そういわれると、参ります……」

「こっちに来なよ」

手を差し出され、莉央は瑞樹と一緒に立ち上がろうとして、よろめいた。

莉央自ら瑞樹を押し倒しかねない。

「あんたの方こそ大丈夫かよ」

「た、多分」

自信はなかった。

「まあ、無茶はさせない、つもりではいるけど」

瑞樹は悪戯っぽく笑う。

「う、本当かな……」

二人は朝陽を起こさないようにパーテーションの奥のベッドルームに移動する。

それから二人は唇を重ね、互いの服を脱がせあい、電気を消した寝室のベッドの上で、互いの体温をわけあった。

「ん……」

「お互い、なんか熱い……な」

莉央の上に瑞樹が覆いかぶさり、ベッドが静かに軋んだ音を立てる。

たしかに、触れ合う肌が、いつもより熱を帯びている気がした。

「なんか、どうしよう。すごくドキドキする」

心臓が口から飛び出してきそう、とはこのことかもしれない。彼と触れ合うのはこれが初めてというわけではないのだが。妙な緊張感に包まれていた。

「普段はしないわけ？」

と、見透かしたように瑞樹が言った。

「するけど……いつも以上にっていうこと」

「そんな答えじゃ全然足りねーな。もっと、ドキドキさせてやるよ」

瑞樹は言って、莉央の頬を撫でた。

それから前髪をよけるようにして、額にキスをする。その感触がくすぐったくて、莉央は目を眇めた。

すぐにも唇が塞がれると思ったのだが、瑞樹はそこから動かなかった。

「瑞樹？」

「俺さ、こんな気持ちになるの初めてだわ」

「……どんな気持ち？」

「うまく言えねぇな。だから、今夜……身体で示すつもりだ」

瑞樹はそう言い、莉央の唇を啄み、広い背中ですべてを覆うようにのしかかってきた。

瑞樹の逞しい体躯に組み敷かれ、彼の体温を感じながら、莉央はキスの嵐を受け止める。

くちづけを重ねるにつれ、愛しさやときめきがさざ波のように駆け抜けていく。

「好きだ、莉央」

「……僕も、瑞樹が……好き」

髪を撫でる大きな手も、唇を濡らす吐息も、やさしく口腔で搦めとられる舌も、すべてが心地よかった。

「……ん」

口腔に差し出された舌の動きが、どんどん淫らに絡まっていき、互いの内に秘めた熱を煽っていた。

舌先がこすれるたび、身体の中心へと熱いものが伝播《でんぱ》していくのがわかる。

窮屈に張りつめつつあった互いの屹立が擦れ合い、莉央はびくりと戦慄く。

大きさも形もなにもかも違うそれを、早く内側に迎えいれたい。そんな欲望が、ふつふつとこみ上げてくる。

キスをしながら、肌を這う瑞樹の大きな手がじれったく、莉央は吐息をこぼしながら、身をよじった。

瑞樹の指先が莉央の胸へとおりて、隆起しつつあった粒をこすられた瞬間、電気が走ったのではないかと思うくらいびくびくと反応してしまった。

「ん、あ、ぁっ！」

唇が離れてしまい、莉央が喘ぐのを見て、瑞樹が赤くなった粒をいたずらに転がす。

「ここ、そんなに感じるのか……？」

「……あ、あっん」

瑞樹の指先にくすぐられ、莉央はさらに喘いだ。

「随分、敏感になってるんだな。もっと。こっち側も……感じるはずだ」

反対側も同じように、絶妙な間隔で縦横無尽に愛撫され、莉央は体を揺らして、何度も情けなく声をあげてしまう。

「は、んんっ……い、いっ」

莉央はシーツを握りしめ、さっきよりも張りつめた自身の欲望に気付き、達してしまいそうになるのを堪えていた。

「声はあんまり出すなよ。朝陽が起きる」

なだめられて、莉央は声を抑える。それがまた倒錯的な気分にさせるのか、興奮は止められそうになかった。

「……あ、……ん」

「そう。俺にだけは聴こえるように啼いていいよ」

どこもかしこも触れるところから感じて、全身が性感帯にでもなったかのように錯覚してしまう。

「……瑞樹」

乳首を執拗に責められ、莉央はびくびくと体を揺らした。中心はいつでも爆発しそうなくらい昂ぶっていて、先走りするように蜜がこぼれてしまう。

「すぐに濡れる。いやらしい身体だな」

「言わない、で」

「褒めてるんだよ。そういうとこも好きだって」

瑞樹の手が腰をさすり、臀部を指先でくすぐる。その間も乳首への執着をやめない。舌で転がしたり潰したりして隆起した粒に吸い付いてくる。もう片方は指の腹でやさしく擦りあげていた。

「んっあっ……だめ……」

頭の中が愉悦に染まり、どれだけでも感じてしまう。これ以上は留めていられなさそうだった。

「あ、あ、あ、っ……」

莉央はびくびくと腰を揺らした。充血した中心が今にも爆発しそうになっている。

「もしかして、乳首だけでイきそうになってるのか？」

耳朶《じだ》をちゅうっと吸って、瑞樹が囁きかけてきた。こういうときの彼は意地悪だ。言っている傍から敏感な部分を的確に捉え、責めてくる。

「ああっ……だってっ……」

莉央がこうなるのは瑞樹のせいなのに、瑞樹は赦してくれなかった。

「でも、今夜はまだダメだ。お預けな？」

瑞樹の手が、吐精させないように莉央の根本をぎゅうっと握ってきた。

一瞬、そのまま吐精しそうになったが、すぐにせき止められた。

「は、あっ……ぅう……っ」

これでは、どれだけ出したくても物理的に吐精するのは難しい。

でも、這い上がってくる喜悦《きえつ》だけはどうしても止められなくて、ぽたぽたと先端から愛液だけがこぼれていく。その様子を、瑞樹は満足げに眺めていた。

「み、ないで。恥ずかしい」

「聞けない願いだな。最高にかわいいから無理だ」

即却下されて、莉央は泣きたくなった。

「瑞樹、だめ。出したい、一回、出させて。出したいよ」

莉央はたまらなくなり、恥ずかしいのを承知の上で懇願した。でも、瑞樹は赦してくれない。

「まだ、させねーよ」

「どうして、いじわるするの」

耐えがたくなり、莉央は思わず泣くように縋った。

「ベッドの上だと別人みたいに甘えてくる莉央がかわいいから」

愛ゆえに、瑞樹がそんなことを言い出す。莉央はあまりの羞恥心に耳まで赤くなっていた。

「だから、そういう、恥ずかしいこと、いうの禁止……」

「そんなに出したいなら、口でしてやろうか？」

莉央の首筋や乳首へと舌を這わせながら、瑞樹が仄めかす。その誘惑に負けるまいと、莉央はかぶりを振った。

「ん、やだっ……汚したくない。もっと瑞樹とキスしたい……から」

「じゃあ、キスしながら、気持ちいいところ触ってやるよ」

舐めあとをつけながら、瑞樹が正面に戻ってきて、莉央の唇を塞いだ。

「んぅん……」

侵入してきた瑞樹の濡れた舌は、莉央のたどたどしい舌に擦りつけてきて、口腔をまさぐる舌に乱されながら、乳首を虐められ、何度も莉央は絶頂感に苛まれた。

（あ、なんか、どうしよう。変になりそう……っ）

これは、どうやらドライオーガズムというものらしかった。

ずっと頭の中が真っ白で、吐精していないのに、何度も達してしまっているような気分が続く。

骨抜きにされるというか、自分がだめになってしまいそうで、その愉悦に浸るのが怖くなって、莉央は瑞樹に手を伸ばした。

「も、……おかしくなりそう。挿れて……お願い。瑞樹のこと、もっと感じたい」

涙をこぼしながら、莉央は哀願する。

「わかった。そろそろ、ご褒美をやるよ」

その言葉を聞いた瞬間、全身が戦慄《おのの》いた。

「……ん」

「今夜は、このまま正面から挿れるぜ」

「え、うそ、待って」

恥ずかしい体勢に、莉央はかあっと顔を赤くする。薄暗い部屋に小さな灯りが漏れてくるとはいえ、丸見えに違いないのだ。

「おねだりしてきたくせに、今さら、照れるのかよ？　こんなに乳首も真っ赤にして、真ん中もびしょびしょにして勃《た》ってるのに」

コンドームに手を伸ばし、瑞樹はそれの封を切りながら、わざといじわるなことを言う。

莉央がむうっとしていると、瑞樹はふっと笑った。

「この体勢だと……全部見られる、から」

莉央はとっさに顔をそむけた。けれど、それで許してくれる瑞樹ではなかった。

「それがいいんだろ。こっち向けよ。じゃないと、泣くまで焦らすぞ」

「それは、もう、だめ……ぜったい、だめ」

本当に瑞樹ならやりかねないので、莉央は身じろぎしてアピールする。

「莉央、……」

瑞樹の欲望を光らせた眼差しにぞくりとする。

「あっ……」

抗《あらが》う暇などなかった。両手をシーツに縫われたあと、莉央が抵抗をやめると、腰を高く持ち上げられる。すべては、瑞樹の目の前に差し出されていた。

「すご、い……」

莉央は思わず喉を鳴らした。

自分のよりもずっと大きくて猛々しい瑞樹のものが脈を打つように興奮しているのを見ると、たまらない気持ちになる。

その張り上がった先端が、莉央の媚孔にあてがわれた瞬間、ひくりと喉の奥にせり上がるものを感じた。

「ゆっくり中に挿れる」

「んっ」

莉央はなるべく力を抜くようにしたが、気を抜いたら吐精してしまいそうで、ぐっと息を呑んだ。

剥き出しになった臀部のその下に、彼の屹立がゆっくりと埋め込まれ、喉がまたひくりと痙攣する。

「あっ……ぅっ」

「もう少し、先……」

圧迫感がじわじわ迫ってきて、痛みと愛しさが鬩ぎ合う中、ゆっくりと律動が加えられていく。抜き差しの感触に、ざわざわと肌が粟立った。

「ちゃんと顔、見たい……見せてくれ」

「あ、あっ……」

お腹にいっぱい瑞樹を感じるたびに、彼のことが愛しいと思う。彼への想いが溢れ、涙はこみ上げてくるし、胸がいっぱいになっていく。

愉悦に身悶えている間にも、彼に揺さぶられるたびに、中心は愛液を滴らせながらびくびくと震えてしまう。瑞樹はその莉央の中心を握って扱きはじめていた。

「あっ出るっ……とまんな、……いっ」

我慢に我慢を重ねていた分の衝動で、びゅるびゅると噴き出した精が腹を濡らす。その間も彼を受け入れている中がひくひくと痙攣し、絶頂感がおさまらない。

「瑞樹っ……ごめ、我慢できなっ……無理……っ」

「っ……は。いいよ。出しちまえ。よく締めつける。ほんと、かわいい。たまんない」

瑞樹が律動を速めながら、莉央の竿を丁寧に愛撫する。裏筋を擦られて、頭の中が真っ白に染まりかけた。

「ああ、またイくっ……イっちゃう」

「たまんないな、その顔」

莉央は思い切り吐精しながら、中で瑞樹をきゅうきゅうと締め付ける。瑞樹が切なそうに吐息をこぼすのを聞いて、その声音にさえ感じてしまう。

「あ、あ、どうしよう。ほんとに止まんないっ……」

泣きながら莉央は瑞樹に縋った。

「はっ、いいよ。何度だって……好きなだけイけよ」

恋人の甘やかす言葉に煽られ、ますます莉央は感じてしまう。そして、欲張りな願望を抱きはじめていた。

「お願い。僕……だけじゃなくて、一緒に、イきたい」

「……じゃあ、まずは一回イこうか」

聞き捨てならないセリフだった気がしたけれど、問い返す余裕はもう残されていなかった。

こみ上げてくる絶頂感と共に、彼への愛しさがこみ上げて、涙が溢れ出す。

「……あ、――くっ……！」

お腹に熱いものが迸った。

何度も、何度も、甘い愉悦に身悶えながら、体を痙攣させる。

自分の体液と、愛しい人の体液が混ざり合い、肌の上をすべっていくのをぼんやりと眺めていた。

「なあ、先生、推しにめちゃくちゃに愛される……気分はどうよ？」

息を切らしながら、瑞樹が莉央の頬にキスをする。

重なりあった胸から、激しい鼓動が伝わってきていた。

「も、っ……また、そんなこと、言ってる」

「聞きたい……だけだ」

「いいに決まってる……でしょう」

「家族になっても、推し変するなよ」

甘えるように耳元で囁かれるのはいやではなかった。瑞樹の男らしいところもたまに見える少し年下らしいやんちゃなところも好ましい。

「ずっと、これからもずっと……推しのままですよ。というか、それ以上です」

心から、莉央はそう伝える。

「それ以上？」

問いかけられ、莉央は頷く。

「っと、瑞樹は、もうとっくに……最愛で、最推しです。愛したいし、愛されたいです」

莉央は言って、瑞樹の首に腕を回し、抱きついた。

「参ったな。そうやって煽ると、ちょっと無茶させるぜ。先生」

瑞樹が悪戯な瞳を覗かせていた。

「いいですよ……もう。瑞樹なら」

恥ずかしい以上に、愛されたい欲求の方がずっとつよかった。瑞樹の感じている姿も見ていたかった。

「ほんと、最高……あんたこそ、俺の最愛で、最推しだよ。莉央……」

瑞樹が再び莉央の中に入ってくる。

「ひ、あっ」

体内におさまった瑞樹の質量が膨らんで、莉央の入口がきゅうきゅうと収斂する。

「待っ……さっきより、おっきい……っ」

圧迫感に目の前がちかちかした。

遠慮することなく、彼はさらに奥へと進む。莉央は呼吸を浅くし、思わずシーツを引っかいた。

「あんたが、かわいすぎるからだ。俺も、一回じゃ無理だ」

拗ねたように言って、瑞樹が腰を動かす。

「あ、あ、っ…あん」

屹立を擦りあげ、臀部をやさしく叩くように揺さぶりながら、瑞樹は莉央に愛を捧げる。

「はぁ、……あっ……瑞樹、っ……」

莉央は瑞樹を受け入れながら、彼の唇を求め、体内のすべての熱をぶつけるように身体を重ねた。

「一生心変わり……させる気ないからな」

「しないっ……僕だって、ずっと夢中なんだ、から」

「もっと夢中にさせるよ。これからも、ずっと、な」

瑞樹がふっと笑みを溢した。彼の表情が色香を増して、よりいっそう艶っぽくて、莉央はドキドキした。

好き。それよりももっと深い言葉を伝えたい。もっともっと心の奥まで届けたい。

両手を握り合いながら、絶頂へと昇り詰める最中、まもなく迎える刹那のときに、最上級の愛を囁きあう。

「愛してるよ」

「……愛、してる」

熱が爆ぜたあと、混沌とする世界を彷徨いながら、莉央は瑞樹と朝陽と一緒に純白の衣装に身を包み、笑い合う光景を思い浮かべていた。

それはきっと、ただの夢なんかではなく、そう遠くない未来かもしれない。

＊　＊　＊

年が明けて落ち着くころ、莉央と瑞樹は朝陽と一緒に三人で暮らすための物件を探しはじめていた。

養子縁組の手続きが済み次第、春から保育園に通えるようにしたかった。

育児がしやすいように保育園、公園、小児科などが近いエリアの中から、瑞樹の職業に配慮して、セキュリティがしっかりしている３ＬＤＫのマンションの一室を選んだ。

引っ越しはお互いの仕事の休みを調整し、滞りなく済ませられたはずだったのだが――。

その数日後、事態は思わぬ方向に転がることになる。

それは、莉央が瑞樹を見送ったあと、朝陽の世話をしながらテレビをつけていた時だった。

『スクープ！　人気俳優、黒沢瑞樹に、恋人の存在あり。一児のパパか』

週刊誌のタイトルと、瑞樹、莉央、そして朝陽の姿がぼかして映っている写真が掲載されていたのだ。

「え……！」

莉央は唖然として固まった。

テレビに近づき、まじまじと眺める。

一体いつの間に撮られていたのだろう。鮮明なものではないが、おそらく引っ越しする前のアパートの付近かもしれない。見覚えのあるスーパーの角がぼんやりと映っていた。

（ど、どうしよう。これって、瑞樹くんは知ってるのかな）

こういう芸能記事は、掲載する前に事務所に確認がくるということは聞いたことがあるけれど、詳しい事情は莉央にはわからない。

「まっま、ほんほん」

朝陽の声に莉央はハッとする。絵本を手に持って莉央の膝に乗っかってきた。

「ちょっと待ってね」

莉央は朝陽の頭を撫でてやってから、スマホに手を伸ばした。瑞樹に電話をかけてみたが繋がらないので、狭山に連絡を入れることにしてみた。すると、ワンコールですぐに彼女は電話に出た。

『あ、ちょうどよかった。和泉先生に電話しようと思っていたところなんです。朝陽くんが一緒のところ申し訳ありません。至急、こちらに来ていただけないでしょうか』

「わかりました。すぐに伺います」

タイミング的にさっきのニュースの件だろうか。

莉央はそんなふうに見当をつけていた。

寒いので抱っこ紐の上からフリースのおくるみを巻いて風に当たらないようにし、それから帽子をかぶせた。

朝陽は違和感があるのが気にいらないのか、帽子を取ろうとする。絵本にも未練があるようだ。

「朝陽、絵本はあとで読んであげる」

「ほん、ほん？」

「うん。これからちょっとだけお出かけするよ。寒いから帽子はちゃんと被ろうね」

莉央自身も毛糸の帽子をかぶって微笑みかけると、朝陽は理解したらしく帽子に手を伸ばしてぽふぽふと触ってみせた。

親ばかといわれるかもしれないが、朝陽はちゃんと話を聞いて理解しようとしてくれる、素直ないい子だ。

マグカップに注いでいたミルクティーを飲み干したあと、莉央は抱っこ紐を再度確認したあと、コートを羽織って外へと出る。

エレベーターを降りたあと、まわりを気にして誰もいないことを確認してから、エントランスに到着したタクシーに行先を告げた。

乗車している間、さっき視界を覆った一面のニュースが莉央の頭の中を占領していた。

考えてみれば、いつこうなってもおかしくはなかったのだ。変装して出かけたりしていたけれど、どこかで誰かは見ていたかもしれない。

十五分ほどで目的のオフィスビルの前に到着した。

瑞樹の所属事務所『エモーショナルアクト』は、このオフィスビルの七階に入っている。今まで狭山が自宅に来たり現場を訪れたりしたことはあったが、事務所を訪ねるのはこれが初めてだった。

莉央は緊張しながらロビーへと足を運ぶ。さっきのニュースを見た人がいるかもしれないと思うと不安になり、とっさに帽子を目深にかぶった。

見渡すと、洗練されたビルの中は、様々な人が忙しく往来《おうらい》している。

これだけ人に紛れれば大丈夫かもしれない。少しだけ気持ちが落ち着いた。

さっそく受付に話をしてゲストカードをもらい、莉央は混雑を避けてエレベーターへと乗り込んだ。

「あ、乗りまーす」

二十代から三十代くらいの女性が次から次へと乗り込んでくる。莉央は朝陽が潰されないように守りながら、エレベーターが閉まるのを待っていた。

動き出したエレベーターの中、ひそひそと話し声が聞こえてくる。

「ねえ、ネットのニュース見た？　瑞樹くんって同性愛者だったんだ」

その言葉に、どきりとした。

「それって確定なの？　ファンの子たちショックだよね」

「子どもと一緒に暮らしてるんだって聞いたよ」

「そういうのってどこからわかるのかな」

「それ、現場の元スタッフから話が漏れたみたいよ」

「同居とかならわかるけど、他人の子どもと一緒とか、ちょっと引いたよね」

やっぱり他人の目には好意的には映らない事の方が多いだろう。胸がつきりと痛む。

それは仕方ないとわかっているけれど、裏方の莉央と違い、瑞樹は表舞台に立つ俳優だ。

彼は役者としてがんばるために勘当されてでも家を出る覚悟をした人だ。今回の件が原因でその道が閉ざされてしまわないかと不安でいっぱいになる。

七階の事務所に到着すると、狭山がすぐに顔を出してくれた。

さっき悪意を浴びたばかりなので、見知った彼女の顔が見られただけでもホッとする。

「お忙しいところ、呼び出してしまってごめんなさい」

「いえ」

「瑞樹ですが、午前中に一件仕事が入っていて、それが終ったら、事務所に来るように伝えてあるんです。もうまもなくだと思いますから、応接間の方で待ってもらえますか？

朝陽くんが遊べるプレイルームもありますから」

「わかりました。お気遣いありがとうございます」

「あっくんも、いらっしゃい」

狭山が朝陽の顔を覗き込むと、朝陽はすぐにぱあっと表情を明るくした。

「ばぁば！　ばっば！」

ばたばたと手足を動かしてアピールするので、莉央は朝陽を抱っこ紐からおろしてあげた。手を繋ごうとすると、さっそく狭山の方にとてとてと歩いていく。

「今日も元気でしゅね！」

狭山の顔が瞬く間に綻んでいく。今日も祖母代わりの彼女はやさしい。

「はぁい！」

構ってもらって、朝陽は元気いっぱいだ。

「じゃあ、和泉先生、中にどうぞ」

「はい。お邪魔します」

莉央は通された応接間の方に移動し、ソファに座った。それから喉が渇いたらしい朝陽に水の入ったマグを出してやり、緊張しつつお茶をごちそうになっていると、しばらくして瑞樹が顔を見せた。颯爽とやってきた彼の手には何冊かの週刊誌が持たれていた。

「マネージャーが連絡してきたのは、この週刊誌の件だろ。前から知っていたのか？」

彼はそう言い、テーブルの上に数冊、週刊誌を並べた。どの誌面にも黒沢瑞樹の名前が書かれていた。

「ええ。期日は告げられなかったけれど、たしかにこういう記事を出しますよって言われていた。でも、心配させたくなくて機会を窺っていたところだったの。ごめんなさいね。私の采配《さいはい》ミスだわ」

「そんなことないですよ。今まで、ずっと狭山さんは、色々対策してくださっていたわけですし……」

「ま、いつかは、こうなるかもとは思っていたから、そんなに驚きはしなかったけどな」

言葉通りに、瑞樹は落ち着いている。そして朝陽に近づき、ほっぺたをつんつんと触る。

「ぱっぱぁ」

「朝陽、あっちで遊ぶか？　おもちゃいっぱいあるぞ」

「うん！　あっくん、おも、ちゃ、しゅる」

朝陽は目をキラキラさせていた。

「よし。こっちだ」

瑞樹は朝陽の手を引き、プレイルームへと連れていく。話をしている間、事務スタッフが見ていてくれるらしく、莉央は安心した。

さっそく夢中になって遊びはじめた朝陽を微笑ましく眺めたあと、瑞樹はこちらへ戻ってくる。

「新しいマンションに引っ越したあとだったのが幸いね」

狭山が言った。

「そうだな。元のマンションはオートロックもないし。直接狙われてたかもしれない」

瑞樹が険しい顔をする。

一方、狭山と瑞樹の話を聞いた莉央は、マスコミが殺到する様子を想像して怖くなった。もしその場面に遭遇したら、自分だけならまだしも朝陽にまで危害が加えられていたかもしれないのだ。

「これまでなんか変だなと思ったり、気付いたりしたことはなかった？」

瑞樹に訪ねられ、莉央はプレイルームで遊んでいる朝陽を気にかけつつ、首を横に振った。

「思い当たることは何も……。今日ニュースで見て驚いたんです。僕のことなんかより、黒沢さんの方がこれから大変になるのでは……」

莉央が不安な面持ちで狭山を見ると、彼女は頷いてみせた。

「社長には話をしてあるの。この件の対応は全て私に任せてもらうことにしているわ。これから対策を講じるつもり」

「これから色々影響は出るよな。悪い、マネージャー」

「まあ、影響がないとは言えないわ。離れるファンもいるかもしれない。けれど、後ろめたいことが何もなければ、時間と共に落ち着いていく。人々の目は、その後の誠実なあなたたちの行動次第でいくらでも変わるわ」

狭山が励ますように言う。瑞樹は即座に頷いた。

「言われなくてもそのつもりだ。ファンの気持ちは嬉しい。失望させたなら申し訳ない。けど、今までの経歴をごまかすつもりもない。人気がどうとかそれ以上に、役者として成長したい。その気概《きがい》はずっと持ち続けていきたいし、先生をパートナーに選んだこと、朝陽を迎え入れたこと、恥じるようなことは何一つないからな」

瑞樹の眼差しには一点の曇りもない。凛《りん》としたその佇まいにほれぼれする。そういう瑞樹の芯の通ったところが好きだ。

莉央がそうしてパートナーの頼もしさに感銘を覚えていると、狭山が揶揄するように言った。

「あらあら。すっかり溺愛されちゃって。瑞樹ったら、いつの間にいっぱしの大人の男の顔をするようになったのかしらねえ」

「からかってる暇はあるのかよ」

瑞樹がいつになく照れているので、莉央にも伝染してしまった。すると狭山はふふっと笑った。

「大丈夫。あなたたちのラブラブっぷりを見てたら、何も心配することなんてないわね」

「それで？　俺は何をすればいいか教えてくれ。とりあえず、仕事で会う関係者には、騒がせてること詫《わ》びるつもりだけど」

「そうね。そのあたりは私も同行してフォローするから大丈夫。お知らせは公式ホームページだけで充分。ただ、もし許可をもらえるなら、メッセージを添えて、三人の写真を公表したらどうかと思うの」

「俺たち三人の？」

「ええ。前向きなアピールとしてね。もちろん、先生と朝陽くんの顔は保護するわ。それから、瑞樹から直接ファン宛てに生の声を発信した方がいいわね」

「そうだな。このまま噂に任せて事実と違うことを拡散されたら、混乱するだけだしな」

狭山と瑞樹は神妙な顔つきのまま頷き合う。

「あの、狭山さん、必要であれば、僕のことは公表してくださって構いません。瑞樹くんばかり矢面《やおもて》に立たせるわけにはいきませんから」

莉央が申し出ると、狭山が戸惑った顔をする。

「和泉先生のお仕事に影響が出るかもしれませんよ」

「そうだぜ。やっと脚本完成できたって喜んでただろ。あれだけ苦労してたのに」

「狭山さんがおっしゃっていたように、一時的には影響が出るかもしれません。でも、基本は裏方ですから、作品で評価をしてもらえば、それでいいんです。何を言われても構いません。それに、きちんと所在を明かしておいた方が、色々な憶測《おくそく》をこれ以上生まないで済むと思うんです」

「……たしかに。ぼかさずはっきりと公表した方が、印象としては好ましいかもしれないわ」

「そうだな。痛くもない腹を探られることもないだろうしな」

二人の言葉を受けて、莉央は頷く。

「じゃあ、そうするとして。あとは……瑞樹の実家と、黒沢ホールディングスのことについては、色々追及されるかもしれないけれど」

狭山は瑞樹を一瞥《いちべつ》し、考え込む顔をした。

「それはいい。勘当した息子のことなんて向こうは知らないで通すはずだ。たとえ事実を明かされたところで、後ろめたいことはこっちには何もねえからな。つーことで、まずは家族写真、撮るんだろ」

「え、ええ。次の仕事がはじまる前に、撮っておきたいけれど、休憩を挟まなくて大丈夫かしら」

狭山は気を遣ってくれたのだろう。瑞樹と莉央を交互に見た。

「僕は構いません。朝陽もちょうど機嫌がいいですし」

朝陽はプレイルームでぬいぐるみを抱っこしてみたり、積み木を並べてみたり、遊ぶのに夢中だ。

撮影するなら今のうちかもしれない。

「俺たちはいつでもラブラブだから、準備なんて要らねーよ」

誇らしげに瑞樹が言うので、狭山は少し呆れたように噴き出した。

「はいはい。ごちそうさま。さ、じゃあ撮るわよ」

「どうせなら、結婚式の写真っぽいのがよかったな」

瑞樹がそう言い、莉央の方へと振り向く。

「写真館とかでよく見るようなやつ？」

「ああ。今はばたばたしてるから、落ち着いたらでいい、いつか三人で結婚式をしようぜ」

「うん」

「じゃあ、予行練習っつーことで。朝陽、にこっとしような」

「あっくん、ばあばの方を見て」

夢はいくらでも多い方がいい。

苦難は手を取り合って乗り越えていこう。

莉央はそんなふうに想いを温めながら、瑞樹に寄り添った。

「はい。いい顔。こっち向いて。あっくんも一緒にね」

カメラのシャッター音が鳴る。自然と微笑み合う家族の一コマは、しっかりと記録として残されたのだった。

＊＊＊

撮影が終わったあと、莉央は朝陽を連れ、瑞樹と一緒に自宅に帰ることになった。瑞樹は午後にまた舞台の稽古が入っているので、昼食を一緒に食べてから家を出るという。

タクシーに乗るため、三人揃ってビルの裏手から出たときだった。突然、スーツを着た男性が瑞樹に近づいてきた。

とっさに瑞樹は莉央と朝陽をかばうように立った。

「黒沢瑞樹さんですね」

男性が瑞樹に訊ねる。そして瑞樹が返事をするまもなく、男性は名刺をすっと目の前に差し出した。

「私、こういう者です」

「父さんの秘書……」

瑞樹は受け取った名刺から目を離すと、ハッとして周りを見回した。

一台の乗用車のうしろにもう一台黒塗りの高級車が停車し、ハザードランプを点滅させていた。後部座席に、重役と思しき人物が乗っている。

瑞樹は名刺を持ったまま、いきいなりその方向へと足を向け、窓ガラスをいきなり叩きはじめる。莉央は慌てて瑞樹を追いかけた。

窓がゆっくりと下がり、中年の男性が顔を出す。

「勘当した息子のこと、わざわざ追い回してたのか？」

剣呑な様子の瑞樹を尻目に、中年の男性はため息をつき、横にいた女性の方を見ろと視線を流した。

「母さん？」

瑞樹は目を丸くする。まさか夫婦揃っているとは思わなかったらしい。母親の表情は瑞樹にとても似ていた。莉央は思わず彼らに見入ってしまった。

「騒ぎになって、心配していた。おまえがうちの跡取りだっていうこともマスコミが嗅《か》ぎつけたようでな。さっき表にもマスコミの姿があった」

淡々と、中年の男性……瑞樹の父は言った。

「……」

ついさっき話をしていたばかりでもあり、痛いところを突かれたからか、瑞樹は押し黙った。

ひと悶着あるのではないかと、莉央はハラハラしながら見守る。緊張感が伝わったのか、朝陽がぐずりはじめていた。

「おいで」と莉央は朝陽を抱き上げる。

両親たちの目が、朝陽の方に向けられた。

「何も私たちはおまえに文句を言いにきたわけじゃあない」

「じゃあ、なんの用事で来たっていうんだ」

「それは……ここじゃなんだ。落ち着いた場所で話せるか？　君たち二人も一緒に」

莉央は慌てて頷く。もはや自己紹介するまでもなく、莉央と朝陽のことも調べてわかっているのだろう。

瑞樹はため息をついて、莉央の方を振り向いた。とても申し訳なさそうな顔をしていた。

「悪いな、うちの事情に巻き込んで」

莉央は首を横に振った。

「僕たちは家族でしょ」

そう告げると、瑞樹はふっと目元を緩め、「ああ」と返事をする。その様子を、瑞樹の父と母はじっと見つめていた。

それから――。

もう一台止まっていたセダンに、莉央と朝陽と瑞樹は乗り込んだ。しばらくして一行はどこかの料亭に到着する。

その後、個室へと案内され、莉央は朝陽を抱いたまま瑞樹の隣に座り、瑞樹の父親と母親と対面することとなった。

静かな場所に案内されると、朝陽が落ち着きなく、あーあーと声を出して反響するのを面白がっている。そんな子どもの様子を眺め、瑞樹の母は微笑んだ。

「まずは自己紹介をするわね。私は黒沢信江《のぶえ》、瑞樹の母です。そしてこちらは道夫《みちお》、瑞樹の父……」

ちらりと隣の道夫を一瞥し、信江は困ったように柳眉を下げた。道夫は黙ったまま何も言葉を発しなかった。

（無口タイプか。厳格な感じのお父さんなんだ……）

いくら跡取りの問題があるとはいえ、実の息子を勘当したくらいだから、厳しい父親像は想像していたけれど、社長という地位にあることも含め、もう少し自分を前に出してくるタイプだと思っていた。

しかし妻にすべて喋らせているところから、普段から大事なことは妻に任せているような物静かなタイプなんだな、と察せられた。

「今日は、突然、呼び止めてしまって、ごめんなさいね」

そう言い、信江が頭を下げる。

「母さん、年が明けたら連絡するって言ったのに。待ちきれなかったのかよ」

瑞樹が苦笑する。どうやら母親とは連絡をとっていたらしい。信江との会話にはよそよそしさはない。

「もちろん、あなたの言い分を尊重したつもりよ。今回のことは、私からお父さんに話を漏らしたわけじゃないの。お父さん自身が知っていたんだもの」

突然、道夫がわざとらしく咳をした。触れてほしくないことだったのかもしれない。察しのいい瑞樹はピンときたようだった。

「なるほど。飛び出していった息子が悪さしないか、一応、水面下で身辺調査を続けていたってことかな。よくやるぜ」

自嘲気味に瑞樹は言った。

道夫が答えないでいると、信江がふうっとため息をつく。

「私はずっと瑞樹の事情に気づいていた。相談されるまでもなく……いつか教えてもらえればそれでいいと思っていたから、真相には触れなかったの」

瑞樹はうん、と頷く。

同性愛者である事実のことをいっているのだろう。

「それなのに、突然子どもができたってどういうこと……ってなったのよ。色々思案しているところに、お父さんがね、瑞樹に会いに行くって言い出して……」

信江が説明している途中で、道夫が瑞樹にいきなり話を振った。

「どういう経緯かはこの際いい。だが、この状況で、役者業に集中なんてできるのか」

「できるよ。実際に両立してる」

「本当にそうか？　事務所の人間に甘えてるんじゃないか」

厳しい言及にも、瑞樹は怯《ひる》むことなく答えた。

「たしかにそうだ。綺麗ごとをいうつもりはねぇよ。子育ては周りの力を借りなきゃ無理だ。協力してくれてるマネージャーには感謝してる。家を出たあとの第二の母親だからな」

瑞樹が言うと、少しだけ信江が寂しそうな顔をした。

「和泉さんといったかな」

道夫が莉央の方を見た。

「はい」

莉央は思わず朝陽を抱く腕に力が入った。

「君にも仕事があるのだろう。脚本の仕事は、集中力が大事なのではないのかね。子どもから目を離さないでいるわけにもいかんだろう」

痛いところを突かれ、莉央は一瞬息を呑むものの、それでもきちんと誠実にこたえようと、道夫をまっすぐに見た。

「もちろん、そうです。交互に面倒を見ながら、仕事の時間を確保しています」

「交互にね。仕事も子育ても思うようにいかないことの方が多いだろう。何かあったときに犠牲になることもあるはずだ」

「養子縁組の手続きと、保育園の入園が決まれば、少しは落ち着くと思う。それまでは

「……」

瑞樹が補足しようとすると、道夫は思いがけない提案をした。

「いっそ、その子は、うちに預けたらどうだ」

莉央も瑞樹も驚き、しばし沈黙が流れた。

瑞樹は今にも立ち上がりそうな勢いで反論する。

「何を言ってるんだよ。まさか出て行った俺の代わりに朝陽を養子にして……それで跡継ぎにでもするなんて言い出すつもりじゃないだろうな。この子を、俺を呼び戻すための道具にでもするつもりかよ」

「瑞樹、落ち着きなさい。そんなこと誰も思っていないわ。お父さんはただあなたの心配していたのよ。ねえ、お父さん」

「ああ、そうだ」

道夫があっさりと認めると、瑞樹は脱力したようにため息をつく。

「出て行けって言ったのは誰だよ。いきなりの過保護さに呆れるよ」

「悪いか」

道夫はそう言い、コップの水を呷《あお》った。

「いやいや。こっちとしては、気が抜けるだろ」

ややふてくされたように瑞樹が言う。

その場に、やわらかい沈黙が横たわる。

莉央はそんな二人を見て、胸にあたたかいものがこみ上げてくるのを感じていた。

お互いがお互いを思い合っている。言葉にしなくても伝わるものがある。一方、言葉にしなければ伝わらないこともあるだろう。

彼らはまだ家族だった。否、今でも家族なのだ。

すべてを失ってしまった莉央と違い、瑞樹はまだ遅くない。分かり合えるはずだ。

（素敵な家族じゃないか……）

莉央はあたたかな感傷を抱きつつ、そっと口を開いた。

「お父さん、大丈夫です。朝陽は、二人で一緒に育てます。三人で家族になろうって誓ったんです」

「しかしな――」

「ご心配されているように、お互いに未熟な部分はあると思います。でも、子育てから学ぶことが多いです。最初から完璧な家族はありません。だからこそ、自分たちなりにゆっくり家族になっていけたらって思うんです」

「……瑞樹はどうなんだ」

一拍置いて、瑞樹はまっすぐに道夫を見た。

「今、莉央が言ったとおりだ。父さんと母さんが心配してくれたことに関しては感謝するよ。でも、朝陽はもう俺たちの子なんだ。だから、会いたくなったら会いにきてくれればいい。こっちも……気が向いたら、連れていく」

「ふん」

道夫は俯く。瑞樹は少し気恥ずかしいようだ。

思わず莉央は信江と顔を見合わせ、微笑んだ。

「よろしくお願いしますね。莉央さん」

信江に声をかけられ、莉央は頷く。

「こちらこそ、末永くよろしくお願いします」

「ままーしゅうう、ましゅしゅ」

言葉を真似て、朝陽が発声する。

その様子を、信江が微笑ましそうに見つめていた。

「あらあら」

「じぃ、ばぁ、じっばっ」

朝陽がぴょこぴょこ体を揺らしながら、道夫と信江にアピールしている。

「じじいとばばあだってよ」

瑞樹がからかうように言った。せめてもの反抗心だろうか。

「ちょ、じぃじとばぁあ、ね。おじいちゃん、おばあちゃんだよ」

莉央は慌てて言い直した。

「じぃ、じ、ばっば」

朝陽は一生懸命言葉にする。

信江がふっと笑うと、横にいた道夫の表情も初めて綻んだ。そんな父親の表情に、意表を突かれたような顔をする瑞樹を、莉央はからかうように肘でつついた。

瑞樹は照れくさそうに頬をかく。

もうその場には、なんの蟠《わだかま》りも残されていなかった。

＊
＊
＊

しばらくの間、黒沢瑞樹関連のニュースは賑わいを見せていたものの、公式に発表された内容や、黒沢グループのＣＥＯである道夫がインタビューに回答したことから、風向きは一気に好意的なものへと変化した。

やがて他のニュースにかき消され、時間の経過とともに、事態は沈静化していった。ここまで狭山の思惑通りだ。

案じられていた通り、アイドル的な人気は落ちていったものの、瑞樹の役者としての魅力が評価され、スキャンダル要素やアイドル的な扱いではない、役者としての彼を取り上げられることが多くなった。

莉央が脚本を担当したドラマも、瑞樹が主演を務めたことから、思いがけず脚光を浴びることとなった。

『朝陽は、俺たちにとっての光なんだなって思った』

瑞樹がある日そう言っていた。

最初に出逢った頃のことを思い返し、莉央もそんなふうに思う。

小さな命が、瑞樹と莉央を繋ぎ、そして家族を導き、結びつけてくれたのだ。

それから数か月後――。

（誰かと結婚する未来なんて、考えてなかったな……）

いつか結婚式をしようと約束したとおり、これから身内だけのウエディングパーティーを行う予定になっている。

身内といっても、莉央の母親は他界しているし父親には別の家族がある。瑞樹の両親は参加していない。

いつもながらマネージャーの狭山が見届け人となり、莉央と瑞樹そして朝陽のことを見守っているのだった。

準備を済ませた一行は、チャペルの外にあるガーデンパーティー用の庭に並んで、写真撮影をすることになった。

「ドレス、着せられなくてよかったな」

瑞樹が笑って言った。二人とも揃って純白のタキシードに身を包んでいる。さっき狭山がドレス姿も見たい、着てみたらどうかと、提案してきたのだ。

「困ったばばぁだよ。なぁ、朝陽」

瑞樹が足元にいた朝陽に同意を求める。

「また、そんなこといったら怒られますよ」

莉央の声につられて、朝陽も張り切った声を上げる。

「しょうだよ。ばばあっていったら、いけないいんだよ！」

「ねー」

莉央は朝陽をたてるように同調する。

「せんせい、いってたもん」

「ねー」

「あのね、ぱぱ、いっちばん、みちゃいんだって！」

いたずらな顔をして、朝陽が瑞樹をちらりと見る。

「はは。参ったな」

瑞樹は珍しく顔を少し染めていた。

朝陽はついこの間、二歳の誕生日を迎え、保育園に通うようになってからだいぶ言葉も達者になった。

午前保育の時間、六月生まれの子たちのお誕生日会を開いてもらい、ご機嫌のままウエディングパーティーの衣装に早着替えしたところだ。

「ままー、せかいいっち、きれい！　だいしゅき」

朝陽はそう言って自分の頬を両手で挟んでみせた。

世界一という言葉に目が潤んでしまう。

「ぱぱも、もっちおん、だいしゅき」

瑞樹も表情が蕩けてしまっている。

「せかいいっち、いちばんかわいいのは、あっくんだよ」

朝陽を抱き上げた莉央の隣に、瑞樹はそっと寄り添った。

「あーなんかもう。ほんとうに天使みたいで、どっか行っちゃわないか心配になるわ」

瑞樹と朝陽の養子縁組の手続きも無事に終わり、莉央と三人で正式に家族になってから、ますます親バカを発揮している二人だった。

「父さんに朝陽の写真を送ってやったら、会いに来ないくせに祝儀《しゅうぎ》だけ送ってよこして……洋服とか玩具とかどっさり届くし……あれだけ家を出て行けとか言ってたくせに、あの変わりようがさ、なんだかよくわかんないもんだよな」

そういう瑞樹はなんとなく嬉しそうだ。どうやら和解の道に向かっているようで、莉央はほっとしていた。

「きっと、照れくさいんでしょうね。ドラマや舞台も見てくれているんでしょう？　連絡も取り合うようになったし、大進歩じゃないですか」

莉央が褒めると、瑞樹もまた照れくさそうな顔をする。

「まあ、必要最低限って感じだけど。つーか、ドラマの件は莉央のおかげだよ。勘当された駆け出し俳優が新しい家族を見つけて奮闘するホームドラマ……あれ、俺のことじゃん？　当て書きだったんだって、監督とプロデューサーから聞いたぜ」

「うん。実はね。内緒にしてもらったんだ。守秘義務あるから漏らすわけにもいかないし」

莉央は肩を竦める。

「あの脚本……俺を想ってくれたことも伝わってきたし、何より、いい作品に出演できて光栄だった。本当にありがとうな」

瑞樹は言って、莉央の髪をくしゃりと撫でた。

「最推しにそう言ってもらえたら、脚本家冥利に尽きます。何より嬉しいですよ」

莉央が笑顔を咲かせると、瑞樹が愛しそうに見つめてくる。

そのままあわよくば顔を近づけようとするので、莉央はとっさに瑞樹の頬を両手で挟んだ。

「だめですよ。誓いの前にキスしたら」

お預けをくらった瑞樹は拗ねた顔をする。

「ちょっとくらい……別にいいだろ。今、キスさせないと、今夜とんでもないことするかもよ」

向こうにスタンバイしている狭山に聴こえないように、瑞樹が甘い脅しを仕掛けてきた。

「ま、またそんなことをいう」

そうやって甘い脅しを仕掛けてくるのは瑞樹の常である。

「じゅるい。あっくんも、なでなでして！」

朝陽が割って入ってきて、仕方なくキスは断念する。

瑞樹が朝陽の頭をくしゃくしゃに撫でてやると、今度はその腕にぶら下がろうとしていた。

「まったく、あまえんぼうは変わらないのに、だんだんとやんちゃになってきたな。おまえは」

瑞樹は言って、朝陽の頬を突いた。

「えへへ。しょうでも、ないよ」

なぜか朝陽は胸を張った。

莉央は二人の仲睦まじい様子を眺めながら、ホームドラマの事を思い浮かべていた。

瑞樹の、子どもとのふれあいの演技が自然だったという声が多くあったらしい。

「瑞樹を選んで正解だって、プロデューサーさん言ってましたよ。オンエアされてから反響もすごいって」

中でも、瑞樹の演技力には舌を巻く、との声には、莉央は自分のことのように誇らしかった。

「朝陽と莉央のおかげだな」

「瑞樹の、真摯な演技に対する姿勢が評価されたんですよ」

莉央が伝えると、瑞樹は本当に嬉しそうに笑顔を咲かせた。

「これからも、少しずつ役者として精進して、父さんたちにも認めてもらえるように努力するよ。これからも一緒についてきてくれるか？」

瑞樹が手を差し出す。

その大きな手を、莉央はしっかりと握った。

「もちろん」

「莉央と出逢えてよかった」

「僕も。瑞樹と出逢えてよかった」

大切な想いを告げ合い、そして微笑み合う。

「ほらほら、ふたりの世界はあとあと。写真撮るわよー」

狭山の声が飛んでくる。彼女はカメラを構えていた。

本当の家族になって、写真を撮ることができるのだと思うと、胸がいっぱいになる。

「さて、愛の誓いを交わしましょうか」

瑞樹の一言を皮切りに、青空を仰ぐ。

そして空に誓った。

病めるときも健やかなるときも、お互いがお互いを支え、明るい家族になるように全力で守り、慈しみ、そして楽しく、暮らしていくことを誓います。

「ちかい、まっしゅ！」

太陽のように明るい声が弾けた。

シャッターの音が軽やかな風に交じり、青空と緑の絨毯を背景に、祝福の花びらが舞う。

今後も、きっと色々思い悩むことはあるだろう。

けれど、自分たちのペースで愛を育みながら……ゆっくり家族になっていけたらいい。
最推しと最愛の子を育てる結婚生活は、この先もずっと続いていく――。
それは何より尊く、そしてかけがえのない奇跡の日々だ。

あとがき

こんにちは。森崎結月《もりさきゆづき》です。

この度は「推しと子育て結婚することになりました」をお手にとっていただき、誠にありがとうございます！

セシル文庫の方では主に子育てものを書かせていただいておりますが、今回は俳優×脚本家という組み合わせで、「推し」と子育てすることになってしまうという、ちょっとしたハプニングからの子育て物語となっております。

推しへの秘めた想いを隠しつつ、ドタバタと子育てすることになった莉央《りお》は、自《みずか》らの幼少期のトラウマやうまくいかない脚本の仕事への問題を、推しである瑞樹《みずき》と共に朝陽《あさひ》を育てることで乗り越えていきます。

推しだけでもすごいし、ちびっこのパワーもものすごいし、この組み合わせって最強なのでは？　推しのパワー×ちびっこのパワーの相乗効果って、こんなにも元気にさせてもらえてすごいなぁとしみじみ感じながら執筆させていただきました。

今回はけっこう色々と難産な部分もあったので、私自身も苦悩しつつ、莉央の気持ちに寄り添ってすごく共感できたといいますか、瑞樹のパワフルなところに元気をもらって、朝陽のかわいさに癒されて、こうしてようやく形にすることができ、心からほっとしております。

著者校正にとりかかりながら、改めて「家族」とか「恋」とか、一つの正解ではなくて、それぞれにとってのベストとして、いろいろなご縁があるものだよな、と実感しながら今に至ります。

担当様には初稿時より色々アドバイスをいただき、幾度か改稿し、最終的によりよい形にできたことを大変嬉しく思っております。ありがとうございました。

また、イラストを担当してくださった七夏《しちか》先生、この度は素敵なイラストを描いてくださりありがとうございました。本の完成が今からとても楽しみです！

それから、本を発行するにあたってお世話になりました皆様、本当にありがとうございました。

最後に。読者の皆様へ。本をお買い上げいただき、誠にありがとうございました。

昨今、様々な世界動乱がある中、きっと心を痛めたり疲れたりすることが増えた方も多いのではないでしょうか。私もそのひとりです。

でもずっと沈んだままでいるわけではなくて、浮き沈みしながらでも、ゆっくりと前向きに進んでいけたらいいなと願っているところです。

見た目でわかる大きな怪我とは違い、心の疲れは可視化できないものですよね。そういう心の部分を癒し、励まし、元気づけてくれる存在は必要不可欠であると感じています。

今作のタイトルにもなっている「推し」の存在もかなり大事ですね！

私にも色々な「推し」がいます。落ち込んだり疲れたりしたときには癒されるし、楽しい時間をくれるし、推しの力は絶大ですよね。恋とか家族とかペットとかとはまた別の、新しい関係性なのではないかと感じています。たとえ接点がなくてもそこの存在してくれているだけで力になるのですから。誰かを応援することで自分も応援されているような気持ちになれるのが魅力ですね。

こんなときだからこそ本や音楽や映像をはじめとするエンタメの力、そして推しの力って大きいんじゃないかなと考えており、私の書いたこの本も、誰かにとっての「推し本」になっていたらいいな……と密かに願っています。

学校や仕事や子育てや様々なことに疲れ、色々と大変な世の中、情報過多でしんどいなあと感じたら、ぜひともしばし時間を忘れるように本の世界に没頭して、現実とは離れた世界の中を冒険するような気持ちで楽しんでほしいな、と思っております。

皆様の今後の人生が、よりよりものでありますように。

一緒に、楽しい時間を過ごしていきましょう。

今日会えた皆様と、また新しいストーリーでお会いできたら嬉しいです。

それでは、また。

森崎結月

カバーコメントの追記です。

ミルクティーにレモン果汁を少し注いでかきまぜて氷を入れて冷やして飲むと、チーズケーキやミルクセーキみたいな味になっておいしいです。

苦手じゃなければ、ぜひ冷やして飲んでみてください。きっと嵌《はま》りますよ！

セシル文庫をお買い上げいただき、ありがとうございます。
この本を読んでのご意見・ご感想・ファンレターをお待ちしております。

☆あて先☆
〒154-0002　東京都世田谷区下馬6-15-4
コスミック出版　セシル編集部
「森崎結月先生」「七夏先生」または「感想」「お問い合わせ」係
→Eメールでも OK!　cecil@cosmicpub.jp

セシル文庫

推《お》しと子育《こそだ》て結婚《けつこん》することになりました。

2022年7月1日　初版発行

【著者】　森崎結月《もりさきゆづき》
【発行人】　相澤　晃
【発行】　株式会社コスミック出版
〒154-0002　東京都世田谷区下馬6-15-4
【お問い合わせ】　-営業部-　TEL 03(5432)7084　FAX 03(5432)7088
-編集部-　TEL 03(5432)7086　FAX 03(5432)7090
【ホームページ】　http://www.cosmicpub.com/
【振替口座】　00110-8-611382
【印刷／製本】　中央精版印刷株式会社

乱丁・落丁本は、小社へ直接お送り下さい。郵送料小社負担にてお取り替え致します。
定価はカバーに表示してあります。

ISBN978-4-7747-6392-7 C0193